dtv

Hermann Hesse zählt zweifellos zu den bedeutendsten Lyrikern des 20. Jahrhunderts. Das beruht vor allem auf der hohen Qualität seiner Verse, die den Rhythmus und die Melodik der Musik aufgreifen. Dadurch gelingt es ihm auf unnachahmliche Weise, die Schwerkraft der Sprache zu überwinden und uns so in den Farben- und Formenreichtum einer »taumelbunten Welt« zu entführen.
Dieser kleine Geschenkband versammelt eine repräsentative Auswahl aus dem umfangreichen lyrischen Werk Hermann Hesses, der in sechzig Jahren rund 1400 Gedichte verfasst hat.

Der Herausgeber *Christoph Bartscherer* ist Privatdozent für Neuere deutsche Literatur an der Universität Heidelberg, freier Sachbuchautor und Journalist. Er ist Verfasser zahlreicher Aufsätze und Artikel sowie mehrerer Bücher über Joseph von Eichendorff, Heinrich Heine und Alfred Döblin.

Hermann Hesse

Taumelbunte Welt

Hundert Gedichte

Herausgegeben und mit einem Nachwort
von Christoph Bartscherer

Deutscher Taschenbuch Verlag

Originalausgabe
Juli 2008
Deutscher Taschenbuch Verlag GmbH & Co. KG,
München
www.dtv.de

Umschlagkonzept: Balk & Brumshagen
Umschlagbild: Detail aus dem Aquarell ›Maskenball‹ (1926)
von Hermann Hesse (mit freundlicher Genehmigung des
Hermann-Hesse-Editionsarchivs Volker Michels)
Gesetzt aus der Monotype Garamond 10/13· (3B2)
Gesamtherstellung: Druckerei C. H. Beck, Nördlingen
Gedruckt auf säurefreiem, chlorfrei gebleichtem Papier
Printed in Germany · ISBN 978-3-423-13675-4

Inhalt

Höhe des Sommers

Julikinder

Wir Kinder im Juli geboren
Lieben den Duft des weißen Jasmin,
Wir wandern an blühenden Gärten hin
Still und in schwere Träume verloren.

Unser Bruder ist der scharlachene Mohn,
Der brennt in flackernden roten Schauern
Im Ährenfeld und auf den heißen Mauern,
Dann treibt seine Blätter der Wind davon.

Wie eine Julinacht will unser Leben
Traumbeladen seinen Reigen vollenden,
Träumen und heißen Erntefesten ergeben,
Kränze von Ähren und rotem Mohn in den Händen.

August

Das war des Sommers schönster Tag,
Nun klingt er vor dem stillen Haus
In Duft und süßem Vogelschlag
Unwiederbringlich leise aus.

In dieser Stunde goldnen Born
Gießt schwelgerisch in roter Pracht
Der Sommer aus sein volles Horn
Und feiert seine letzte Nacht.

Magie der Farben

Gottes Atem hin und wider,
Himmel oben, Himmel unten,
Licht singt tausendfache Lieder,
Gott wird Welt im farbig Bunten.

Weiß zu Schwarz und Warm zum Kühlen
Fühlt sich immer neu gezogen,
Ewig aus chaotischem Wühlen
Klärt sich neu der Regenbogen.

So durch unsre Seele wandelt
Tausendfalt in Qual und Wonne
Gottes Licht, erschafft und handelt,
Und wir preisen Ihn als Sonne.

Malerfreude

Äcker tragen Korn und kosten Geld,
Wiesen sind von Stacheldraht umlauert,
Notdurft sind und Habsucht aufgestellt,
Alles scheint verdorben und vermauert.

Aber hier in meinem Auge wohnt
Eine andre Ordnung aller Dinge,
Violett zerfließt und Purpur thront,
Deren unschuldvolles Lied ich singe.

Gelb zu Gelb, und Gelb zu Rot gesellt,
Kühle Bläuen rosig angeflogen!
Licht und Farbe schwingt von Welt zu Welt,
Wölbt und tönt sich aus in Liebeswogen.

Geist regiert, der alles Kranke heilt,
Grün klingt auf aus neugeborener Quelle,
Neu und sinnvoll wird die Welt verteilt,
Und im Herzen wird es froh und helle.

Lampions in der Sommernacht

Warm in dunkler Gartenkühle
Schweben bunte Ampelreihn,
Senden aus dem Laubgewühle
Zart geheimnisvollen Schein.

Eine lächelt hell zitronen,
Rot und weiße lachen feist,
Eine blaue scheint zu wohnen
Im Geäst wie Mond und Geist.

Eine plötzlich steht in Flammen,
Zuckt empor, ist rasch verloht ...
Schwestern schauern still zusammen,
Lächeln, warten auf den Tod:
Mondblau, Weingelb, Sammetrot.

Blauer Schmetterling

Flügelt ein kleiner blauer
Falter vom Wind geweht,
Ein perlmutterner Schauer,
Glitzert, flimmert, vergeht.
So mit Augenblicksblinken,
So im Vorüberwehn
Sah ich das Glück mir winken,
Glitzern, flimmern, vergehn.

Höhe des Sommers

Das Blau der Ferne klärt sich schon
Vergeistigt und gelichtet
Zu jenem süßen Zauberton,
Den nur September dichtet.

Der reife Sommer über Nacht
Will sich zum Feste färben,
Da alles in Vollendung lacht
Und willig ist zu sterben.

Entreiß dich, Seele, nun der Zeit,
Entreiß dich deinen Sorgen
Und mache dich zum Flug bereit
In den ersehnten Morgen.

Süden

Kühler Gassen enge Schattenkluft,
Meerkristall und heiter-helle Luft,
Silberbäume wehn in strengen Gärten.
Kindermenschen treiben Markt und Kram,
Armut sonnt sich frei und ohne Scham
An den Mauern bei den Goldlazerten.

Alles wie ich's graue Monde lang
Mir gemalt in Sehnsucht, Traum, Gesang,
Alles heiter und dem Glück erschlossen:
Gastlich wölben Bogen sich in Reihn,
Südfrucht duftet herb und roter Wein,
Prahlerisch im Überfluß vergossen.

Drüben überm weißen Bergesrand
Sucht mein Herz das ferne Vaterland,
Kühles Reich der Wolken und der Winde.
Nimmer wird der süße Süden mein,
Nimmer läßt das Paradies mich ein,
Nimmer wird der Mann zum Kinde.

Meermittag

Das ist so süß wie Traum und Tod:
Von Glut und Stille müd und schwer
Zu ruhn in einem Fischerboot
Im herben Duft von Salz und Teer.
Der kurzen Pfeife Wolkenspiel
Folgt lang das Auge ohne Ziel,
Bis es gebannt und müde ruht
In blauer Mittagssonnenglut.
Da segeln hoch in stetem Ziehn
Die weißen, losen Wolken hin,
Fernher mit kaum gehörtem Pfiff
Gibt Kunde seiner Fahrt ein Schiff.

Die Flut in träumerischem Spiel
Verlecht mit dumpfem Laut am Kiel;
Das schlaffe Segel feiert leer
Die Netzeschnur schleift hinterher.

Und alles, was dich sonst bewegt,
Und alles, was in Glück und Weh
Dir irgendwann das Herz erregt,
Ruht tief und schlummert in der See.
Dein Herz, so wild es sonst gebrannt,
Wird wieder still, wird wieder Kind
Und ruht wie Sonne, Meer und Wind
In Gottes Hand.

Südlicher Sommer

Kastanienblüte, abendlicher Hain,
Halbmond im Laub, im Wald wir stillen Zecher –
Im lauen Nachtwind läuten unsre Becher,
Zum dunkeln Himmel auf glüht unser Wein.

Wir flüchtige Blumen glühn den Sommer lang:
Trink mich, Geliebte! Holde, laß dich trinken!
Mit unsern heißen Sommerfackeln winken
Wir Liebende zum Sommernachtgesang.
O Eulenruf, o dunkles Herz der Nacht,
Nachtfalter du im lichten Oleander,
Wir glühn verbrennend, Bruder, ineinander,
Sind selige Opfer, Göttern dargebracht.
Kling auf, Gesang vom Leben und vom Tod,
Die Becher läuten, unsere Stunde loht!

Barcarole

Spiegellichter flackern hin und wieder,
Meine Barke wiegt sich breit und schwer
Über der Lagune auf und nieder,
Laut am Lido singt und schreit das Meer.
Meine Segel sind entschlafen
In der warmen Mittagsglut,
Meine Wünsche sind im Hafen
Und mein Ruder ruht.

Starkes, wunderliches Leben!
Meine Stirn hast du versengt,
Stürme hast du mir gegeben
Und mich aus der Bahn gedrängt.
Trotzig hast du mich im Sturm gefunden,
Spottend sah ich dir ins Angesicht;
Doch dem Zauber deiner Feierstunden,
Deiner Koselieder widersteh ich nicht.

Träumend hängt mein Blick am Himmelsbogen,
Wo ein Wolkenflug sich seewärts schwingt,
Träumend lausch ich auf den Chor der Wogen,
Der mir Frieden in die Seele singt.
Meine Segel sind entschlafen
In der warmen Mittagsglut,
Meine Wünsche sind im Hafen
Und mein Ruder ruht.

Spätsommer

Noch schenkt der späte Sommer Tag um Tag
Voll süßer Wärme. Über Blumendolden
Schwebt da und dort mit müdem Flügelschlag
Ein Schmetterling und funkelt sammetgolden.

Die Abende und Morgen atmen feucht
Von dünnen Nebeln, deren Naß noch lau.
Vom Maulbeerbaum mit plötzlichem Geleucht
Weht gelb und groß ein Blatt ins sanfte Blau.

Eidechse rastet auf besonntem Stein,
Im Blätterschatten Trauben sich verstecken.
Bezaubert scheint die Welt, gebannt zu sein
In Schlaf, in Traum, und warnt dich sie zu wecken.

So wiegt sich manchmal viele Takte lang
Musik, zu goldener Ewigkeit erstarrt,
Bis sie erwachend sich dem Bann entrang
Zurück zu Werdemut und Gegenwart.

Wir Alten stehen erntend am Spalier
Und wärmen uns die sommerbraunen Hände.
Noch lacht der Tag, noch ist er nicht zu Ende,
Noch hält und schmeichelt uns das Heut und Hier.

Gedenken an den Sommer Klingsors

Zehn Jahre schon, seit Klingsors Sommer glühte
Und ich mit ihm die warmen Nächte lang
Bei Wein und Frauen so verloren blühte
Und seine trunknen Klingsor-Lieder sang!

Wie anders schau'n und nüchtern jetzt die Nächte,
Wie so viel stiller geht mein Tag einher!
Wenn auch ein Zauberwort mir wiederbrächte
Den Rausch von einst – ich wollte ihn nicht mehr.

Das eilige Rad nicht mehr zurückzurollen,
Still zu bejah'n den leisen Tod im Blut,
Nicht mehr das Unausdenkliche zu wollen,
Ist meine Weisheit jetzt, mein Seelengut.

Ein andres Glück, ein neuer Zauber faßten
Seither mich manchmal: nichts als Spiegel sein,
Darin für Stunden, so wie Mond im Rhein,
Der Sterne, Götter, Engel Bilder rasten.

September

Der Garten trauert,
Kühl sinkt in die Blumen der Regen.
Der Sommer schauert
Still seinem Ende entgegen.

Golden tropft Blatt um Blatt
Nieder vom hohen Akazienbaum.
Sommer lächelt erstaunt und matt
In den sterbenden Gartentraum.

Lange noch bei den Rosen
Bleibt er stehen, sehnt sich nach Ruh.
Langsam tut er die großen,
Müdgewordenen Augen zu.

Nächtlicher Regen

Bis in den Schlaf vernahm ich ihn
Und bin daran erwacht,
Nun hör ich ihn und fühle ihn,
Sein Rauschen füllt die Nacht
Mit tausend Stimmen feucht und kühl,
Geflüster, Lachen, Stöhnen,
Bezaubert lausch ich dem Gewühl
Von fließend weichen Tönen.

Nach all dem harten dürren Klang
Der strengen Sonnentage,
Wie innig ruft, wie selig-bang
Des Regens sanfte Klage!

So bricht aus einer stolzen Brust,
Wie spröde sie sich stelle,
Einmal des Schluchzens kindliche Lust,
Der Tränen liebe Quelle,
Und strömt und klagt und löst den Bann,
Daß das Verstummte reden kann,
Und öffnet neuem Glück und Leid
Den Weg und macht die Seele weit.

Weg nach innen

Der Pilger

Immer war ich auf der Fahrt,
Immer Pilgersmann,
Wenig hab ich mir bewahrt,
Glück und Weh zerrann.

Unbekannt war Sinn und Ziel
Meiner Wanderschaft,
Tausend Male, daß ich fiel,
Neu mich aufgerafft!

Ach, es war der Liebe Stern,
Den ich suchen ging,
Der so heilig und so fern
In den Höhen hing.

Eh das Ziel mir war bewußt,
Wanderte ich leicht,
Habe manche Höhenlust,
Manches Glück erreicht.

Nun ich kaum den Stern erkannt,
Ist es schon zu spät,
Hat er schon sich abgewandt,
Morgenschauer weht.

Abschied nimmt die bunte Welt,
Die so lieb mir ward.
Hab ich auch das Ziel verfehlt,
Kühn war doch die Fahrt.

Nächtlicher Weg

Schuh um Schuh im Finstern setz ich,
Nacht umgibt mich sanft und groß,
An betauter Mauer netz ich
Hand und Stirn im feuchten Moos.

Dunkel gegen Luft und Sterne
Wiegt sich der Akazienbaum,
Lichter blitzen in der Ferne,
Doch die Nähe ahn ich kaum.

Liebe zieht am Zauberfaden
Alle Ferne mir ans Herz,
Pol-Stern rufen und Plejaden
Ihren Bruder himmelwärts.

Aller Welt bin ich verbunden,
Allem Leben aufgetan,
Habe neu die Bahn gefunden,
Die mich hält im Weltenplan.

Abends

Abends gehn die Liebespaare
Langsam durch das Feld,
Frauen lösen ihre Haare,
Händler zählen Geld,
Bürger lesen bang das Neuste
In dem Abendblatt,
Kinder ballen kleine Fäuste,
Schlafen tief und satt.
Jeder tut das einzig Wahre,
Folgt erhabner Pflicht,
Säugling, Bürger, Liebespaare –
Und ich selber nicht?

Doch! Auch meiner Abendtaten,
Deren Sklav' ich bin,
Kann der Weltgeist nicht entraten,
Sie auch haben Sinn.
Und so geh ich auf und nieder,
Tanze innerlich,
Summe dumme Gassenlieder,
Lobe Gott und mich,
Trinke Wein und phantasiere,
Daß ich Pascha wär,
Fühle Sorgen an der Niere,
Lächle, trinke mehr,

Sage ja zu meinem Herzen
(Morgens geht es nicht),
Spinne aus vergangenen Schmerzen
Spielend ein Gedicht,
Sehe Mond und Sterne kreisen,
Ahne ihren Sinn,
Fühle mich mit ihnen reisen
Einerlei wohin.

Keine Rast

Seele, banger Vogel du,
Immer wieder mußt du fragen:
Wann nach so viel wilden Tagen
Kommt der Friede, kommt die Ruh?

O ich weiß: kaum haben wir
Unterm Boden stille Tage,
Wird vor neuer Sehnsucht dir
Jeder liebe Tag zur Plage.

Und du wirst, geborgen kaum,
Dich um neue Leiden mühen
Und voll Ungeduld den Raum
Als der jüngste Stern durchglühen.

Wie eine Welle

Wie eine Welle, die vom Schaum gekränzt
Aus blauer Flut sich voll Verlangen reckt
Und müd und schön im großen Meer verglänzt –

Wie eine Wolke, die im leisen Wind
Hinsegelnd aller Pilger Sehnsucht weckt
Und blaß und silbern in den Tag verrinnt –

Und wie ein Lied am heißen Straßenrand
Fremdtönig klingt mit wunderlichem Reim
Und dir das Herz entführt weit über Land –

So weht mein Leben flüchtig durch die Zeit,
Ist bald vertönt und mündet doch geheim
Ins Reich der Sehnsucht und der Ewigkeit.

Wolken

Wolken, leise Schiffe, fahren
Über mir und rühren mich
Mit den zarten, wunderbaren
Farbenschleiern wunderlich.

Aus der blauen Luft entquollen,
Eine farbig schöne Welt,
Die mich mit geheimnisvollen
Reizen oft gefangen hält.

Leichte, lichte, klare Schäume,
Alles Irdischen befreit,
Ob ihr schöne Heimwehträume
Der befleckten Erde seid?

Einst vor tausend Jahren

Unruhvoll und reiselüstern
Aus zerstücktem Traum erwacht
Hör ich seine Weise flüstern
Meinen Bambus in der Nacht.

Statt zu ruhen, statt zu liegen
Reißt michs aus den alten Gleisen,
Weg zu stürzen, weg zu fliegen,
Ins Unendliche zu reisen.

Einst vor tausend Jahren gab es
Eine Heimat, einen Garten,
Wo im Beet des Vogelgrabes
Aus dem Schnee die Krokus starrten.

Vogelschwingen möcht ich breiten
Aus dem Bann, der mich umgrenzt,
Dort hinüber, zu den Zeiten,
Deren Gold mir heut noch glänzt.

Reisekunst

Wandern ohne Ziel ist Jugendlust,
Mit der Jugend ist sie mir erblichen;
Seither bin ich nur vom Ort gewichen,
War ein Ziel und Wille mir bewußt.

Doch dem Blick, der nur das Ziel erfliegt,
Bleibt des Wanderns Süße ungenossen,
Wald und Strom und aller Glanz verschlossen,
Der an allen Wegen wartend liegt.

Weiter muß ich nun das Wandern lernen,
Daß des Augenblicks unschuldiger Schein
Nicht erblasse vor ersehnten Sternen.

Das ist Reisekunst: im Weltenreihn
Mitzufliehn und nach geliebten Fernen
Auch im Rasten unterwegs zu sein.

Beim Wiedersehen einer Kindheitsstätte

Die Wiesen und Stege
Sind voller Licht,
Das allerwege
Aus der Bläue bricht;
Und tief im Tale,
Am Hang geschmiegt,
Im letzten Strahle
Der Garten liegt.

Dort unten träumet
Am alten Ort
Vom Wald umsäumet
Meine Kindheit fort.
Und könnt ich sie wecken
Und bei ihr knien,
Sie würde erschrecken,
Wie fremd ich bin.

Im Nebel

Seltsam, im Nebel zu wandern!
Einsam ist jeder Busch und Stein,
Kein Baum sieht den andern,
Jeder ist allein.

Voll von Freunden war mir die Welt,
Als noch mein Leben licht war;
Nun, da der Nebel fällt,
Ist keiner mehr sichtbar.

Wahrlich, keiner ist weise,
Der nicht das Dunkel kennt,
Das unentrinnbar und leise
Von allen ihn trennt.

Seltsam, im Nebel zu wandern!
Leben ist Einsamsein.
Kein Mensch kennt den andern,
Jeder ist allein.

Weg in die Einsamkeit

Die Welt fällt von dir ab,
Alle Freuden verglühen,
Die du einst liebtest;
Aus ihrer Asche droht Finsternis.

In dich hinein
Sinkst du, unwillig,
Von stärkerer Hand gestoßen,
Frierend stehst du in einer gestorbenen Welt.
Hinter dir weht weinend
Nachklang verlorener Heimat her,
Kinderstimmen und zärtlicher Liebeston.

Schwer ist der Weg in die Einsamkeit,
Schwerer als du gewußt,
Auch der Träume Quell ist versiegt.
Doch vertraue! Am Ende
Deines Weges wird Heimat sein,
Tod und Wiedergeburt,
Grab und ewige Mutter.

Weg nach innen

Wer den Weg nach innen fand,
Wer in glühndem Sichversenken
Je der Weisheit Kern geahnt,
Daß sein Sinn sich Gott und Welt
Nur als Bild und Gleichnis wähle:
Ihm wird jedes Tun und Denken
Zwiegespräch mit seiner eignen Seele,
Welche Welt und Gott enthält.

Gegenüber von Afrika

Heimathaben ist gut,
Süß der Schlummer unter eigenem Dach,
Kinder, Garten und Hund. Aber ach,
Kaum hast du vom letzten Wandern geruht,
Geht dir die Ferne mit neuer Verlockung nach.
Besser ist Heimweh leiden
Und unter den hohen Sternen allein
Mit seiner Sehnsucht sein.
Haben und rasten kann nur der,
Dessen Herz gelassen schlägt,
Während der Wandrer Mühsal und Reisebeschwer
In immer getäuschter Hoffnung trägt.
Leichter wahrlich ist alle Wanderqual,
Leichter als Friedefinden im Heimattal,
Wo in heimischer Freuden und Sorgen Kreis
Nur der Weise sein Glück zu bauen weiß.
Mir ist besser, zu suchen und nie zu finden,
Statt mich eng und warm an das Nahe zu binden,
Denn auch im Glücke kann ich auf Erden
Doch nur ein Gast und niemals ein Bürger werden.

Abschied

Drunten pfeift ein Zug durchs grüne Land,
Morgen, morgen fahr auch ich davon!
Letzte Blumen pflückt verirrt die Hand,
Und sie welken, eh ich fort bin, schon.

Abschied nehmen ist ein bittres Kraut,
Wächst an jedem Fleck, den ich geliebt;
Keine Stätte, die ich mir gebaut,
Heimat wird und Heimatfrieden gibt.

In mir selber muß die Heimat sein,
Jede andre welkt so schnell hinab,
Jede ließ mich gar so bald allein,
Der ich alle meine Liebe gab.

Tief im Wesen trag ich einen Keim,
Der wird stille größer, Tag für Tag:
Wenn er reif ist, bin ich ganz daheim,
Und es ruht der ewige Pendelschlag.

Das unruhvolle Spiel des Lebens

Oft ist das Leben

Oft ist das Leben lauter Licht
Und funkelt freudefarben
Und lacht und fragt nach denen nicht,
Die litten, die verdarben.

Doch immer ist mein Herz bei denen,
Die Leid verhehlen
Und sich am Abend voller Sehnen
Zu weinen in die Kammer stehlen.

So viele Menschen weiß ich,
Die irren leidbeklommen,
All ihre Seelen heiß ich
Mir Brüder und willkommen.

Gebückt auf nasse Hände,
Weiß ich sie abends weinen,
Sie sehen dunkle Wände
Und keine Lichter scheinen.

Doch tragen sie verborgen,
Verirrt, und wissen's nicht,
Durch Finsternis und Sorgen
Der Liebe süßes Licht.

Die Flamme

Ob du tanzen gehst in Tand und Plunder,
Ob dein Herz sich wund in Sorgen müht,
Täglich neu erfährst du doch das Wunder,
Daß des Lebens Flamme in dir glüht.

Mancher läßt sie lodern und verprassen,
Trunken im verzückten Augenblick,
Andre geben sorglich und gelassen
Kind und Enkeln weiter ihr Geschick.

Doch verloren sind nur dessen Tage,
Den sein Weg durch dumpfe Dämmrung führt,
Der sich sättigt in des Tages Plage
Und des Lebens Flamme niemals spürt.

Träumerei am Abend

Banges müdgewordnes Herz,
Das so froh einst schlug,
Sinnst verloren jugendwärts,
Hast des Spiels genug.

Bilder steigen ohne Zahl
Aus dem Dunkel hold,
Langerloschner Sonnenstrahl
Taucht sie tief in Gold.

Licht und fern erglänzt die Welt,
Die wir einst gekannt:
Hohes Kindheits-Sternenzelt,
Kinder-Heimatland.

Die wir noch im Dunkel stehn
Milder Träumerein,
Sehnen uns ins Licht zu gehn,
Selber Licht zu sein.

Der Blütenzweig

Immer hin und wider
Strebt der Blütenzweig im Winde,
Immer auf und nieder
Strebt mein Herz gleich einem Kinde
Zwischen hellen, dunklen Tagen,
Zwischen Wollen und Entsagen.

Bis die Blüten sind verweht
Und der Zweig in Früchten steht,
Bis das Herz, der Kindheit satt,
Seine Ruhe hat
Und bekennt: voll Lust und nicht vergebens
War das unruhvolle Spiel des Lebens.

Gestutzte Eiche

Wie haben sie dich, Baum, verschnitten,
Wie stehst du fremd und sonderbar!
Wie hast du hundertmal gelitten,
Bis nichts in dir als Trotz und Wille war!
Ich bin wie du, mit dem verschnittnen,
Gequälten Leben brach ich nicht
Und tauche täglich aus durchlittnen
Roheiten neu die Stirn ins Licht.
Was in mir weich und zart gewesen,
Hat mir die Welt zu Tod gehöhnt,
Doch unzerstörbar ist mein Wesen,
Ich bin zufrieden, bin versöhnt,
Geduldig neue Blätter treib ich
Aus Ästen hundertmal zerspellt,
Und allem Weh zu Trotze bleib ich
Verliebt in die verrückte Welt.

Vergänglichkeit

Vom Baum des Lebens fällt
Mir Blatt um Blatt,
O taumelbunte Welt,
Wie machst du satt,
Wie machst du satt und müd,
Wie machst du trunken!
Was heut noch glüht,
Ist bald versunken.
Bald klirrt der Wind
Über mein braunes Grab,
Über das kleine Kind
Beugt sich die Mutter herab.
Ihre Augen will ich wiedersehn,
Ihr Blick ist mein Stern,
Alles andre mag gehn und verwehn,
Alles stirbt, alles stirbt gern.
Nur die ewige Mutter bleibt,
Von der wir kamen,
Ihr spielender Finger schreibt
In die flüchtige Luft unsre Namen.

Rückkehr

Sind wir alle denn so krank,
Daß die holden Kindertöne
Uns das Herz mit Weh bezaubern,
Nachklang nur verschollener Schöne?
Alle Reinheit ferner Kindergärten,
Alle Farben froher Morgenlust,
All die holden Schauer in der Brust –
Kann das nie mehr unser werden?

Doch! Ich will den Weg zurück
Zur geliebten Mutter gehen,
Allem welkgewordnen Glück
Neu ins frische Auge sehen.
Mag darüber alles mir zerbrechen,
Was die andern groß und heilig sprechen,
Aller Väterworte bin ich satt,
Steine waren sie an Brotes statt!
Mutterworte hör ich wieder klingen
Aus vergeßnem Schacht, ihr dunkler Klang
Will mir alle Wonne wiederbringen,
Die mir einst im Kinderherzen sprang –
Und die Wiesen leuchten wieder bunter,
Bach und Baum sind wieder Spielgesell,
Sterne gehen klingend auf und unter,
Und ich spiegle sie beglückt und hell.

Von der dunklen Stimme süß gezogen
Kehr ich heimatwärts und gleite leis
In der Mutterwärme Zauberkreis –
Väter, o wie habt ihr uns belogen!
Krampf und Leid und Krieg war euer Erbe,
Nehmt es wieder, daß es endlich sterbe!

Heimgekehrt zum guten Mutterland,
Hören wir der alten Freiheit Lieder,
Und der dürre Stab in unsrer Hand
Grünt und wird zum Zauberstabe wieder.

Verzückung

Biegt sich in berauschter Nacht
Mir entgegen Wald und Ferne,
Atm' ich Blau und kühle Sterne
Und der Träume wunde Pracht.
O dann liegt die trunkne Welt
Wie ein Weib an meinem Herzen,
Lodert in verzückten Schmerzen,
Deren Schrei betörend gellt.
Und aus fernsten Tiefen her
Tiergestöhn und Flügelschlagen,
Nachklang aus verschollnen Tagen
Grüner Jugendzeit am Meer,
Opferschrei und Menschenblut,
Feuertod und Klosterzelle,
Alles meines Blutes Welle,
Alles heilig, alles gut!
Nichts ist außen, nichts ist innen,
Nichts ist unten, nichts ist oben,
Alles Feste will zerrinnen,
Alle Grenzen sind zerstoben.
Sterne gehn in meiner Brust,
Seufzer gehn am Himmel unter,
Jedes Lebens Herz und Lust
Brennt entzückter, flackert bunter,

Jeder Rausch ist mir willkommen,
Offen steh ich jeder Pein,
Ströme betend, hingenommen
Mit ins Herz der Welt hinein.

Paradies-Traum

Es duften blaue Blumen hier und dort,
Mit bleichem Blick hält Lotos mich gefangen,
In jedem Blatte schweigt ein Zauberwort,
Aus allen Zweigen äugen still die Schlangen.
Aus Blumenkelchen wachsen straffe Leiber,
Mit Tigeraugen blinzeln aus dem Grün
Der blühenden Sümpfe lauernd weiße Weiber,
Aus deren Haaren rote Blumen glühn.
Es duftet feucht nach Zeugung und Verführung,
Nach dunkler Wollust unerprobter Sünden,
Unwiderstehlich aus verschlafnen Gründen
Lockt Frucht an Frucht zu kosender Berührung,
Geschlecht und Wonne atmet jeder Hauch
Der lauen Luft und schwillt vor Lustverlangen,
Wie Liebesfingerspiel um Brust und Bauch
Der Frauen spielen listigen Blicks die Schlangen.
Nicht die, nicht jene zieht mich werbend an,
Sie alle blühn und locken, nicht zu zählen,
Ich fühle alle, alle mir beglückend nahn,
Ein Wald von Leibern, eine Welt von Seelen.
Und langsam schwillt der Sehnsucht seliges Weh
Und löst, entfaltet mich nach hundert Seiten,
Zum Weibe schmelz ich hin, zum Baum, zum See,
Zum Quell, zum Lotos, zu den Himmelsweiten,

Auf tausend Flügeln auseinanderfaltet
Sich meine Seele, die ich Eins gemeint,
Vertausendfacht, zum bunten All gestaltet,
Erlösch ich mir und bin der Welt vereint.

Regennacht

Auf Dach und Simsen überall
Der stetig leise Tropfenfall
Und weit hinein ins dunkle Land
Sanft wie ein Schleier ausgespannt,
Der sich im Winde senkt und hebt
Und leblos ist und dennoch lebt.
Der Acker, der die Wolke zieht,
Der Himmel, der zur Erde strebt,
Das wogt und rinnt und klagt und bebt
In diesem stetig leisen Lied,
So wie ein tiefer Geigenklang
Geheimer Sehnsucht dunklen Drang
In Töne hüllt und weiterträgt
Und da und dort ein Herz bewegt,
Das nach demselben Heimwehland
Sich sehnend keine Worte fand.
Und was nicht Wort, nicht Geige sagt,
Wird Ton und schwillt zu stiller Macht
Im stetig leisen Wiegetakt
Der windbewegten Regennacht;
Die nimmt, was klaglos rang und litt,
In ihre dunklen Lieder mit.

Symphonie

Aus dunkler Brandung gärend
Des Lebens bunter Braus
Und drüber immerwährend
Der Sterne hochgewölbtes Haus.

Mein Leben ist versunken,
Ich schweb am Weltenrand
Und atme tief und trunken
Der Feuerlüfte süßen Brand.

Und der ich kaum entronnen,
Des Lebens Zauberglut
Spült mich mit tausend Wonnen
Aufs neue in die große Flut.

Aufhorchen

Ein Klang so zart, ein Hauch so neu
Geht durch den grauen Tag,
Wie Vogelflügelflattern scheu,
Wie Frühlingsduft so zag.

Aus Lebens Morgenstunden her
Erinnerungen wehn,
Wie Silberschauer überm Meer
Aufzittern und vergehn.

Vom Heut zum Gestern scheint es weit,
Zum lang Vergessenen nah,
Die Vorwelt liegt und Märchenzeit,
Ein offener Garten, da.

Vielleicht ist heut mein Urahn wach,
Der tausend Jahr geruht
Und nun mit meiner Stimme sprach,
Sich wärmt in meinem Blut.

Vielleicht ein Bote draußen steht
Und tritt gleich bei mir ein;
Vielleicht, noch eh der Tag vergeht,
Werd ich zu Hause sein.

In Sand geschrieben

Daß das Schöne und Berückende
Nur ein Hauch und Schauer sei,
Daß das Köstliche, Entzückende,
Holde ohne Dauer sei:
Wolke, Blume, Seifenblase,
Feuerwerk und Kinderlachen,
Frauenblick im Spiegelglase
Und viel andre wunderbare Sachen,
Daß sie, kaum entdeckt, vergehen,
Nur von Augenblickes Dauer,
Nur ein Duft und Windeswehen,
Ach, wir wissen es mit Trauer.
Und das Dauerhafte, Starre
Ist uns nicht so innig teuer:
Edelstein mit kühlem Feuer,
Glänzendschwere Goldesbarre;
Selbst die Sterne, nicht zu zählen,
Bleiben fern und fremd, sie gleichen
Uns Vergänglichen nicht, erreichen
Nicht das Innerste der Seelen.
Nein, es scheint das innigst Schöne,
Liebenswerte dem Verderben
Zugeneigt, stets nah am Sterben,
Und das Köstlichste: die Töne
Der Musik, die im Entstehen

Schon enteilen, schon vergehen,
Sind nur Wehen, Strömen, Jagen
Und umweht von leiser Trauer,
Denn auch nicht auf Herzschlags Dauer
Lassen sie sich halten, bannen;
Ton um Ton, kaum angeschlagen,
Schwindet schon und rinnt von dannen.

So ist unser Herz dem Flüchtigen,
Ist dem Fließenden, dem Leben
Treu und brüderlich ergeben,
Nicht dem Festen, Dauertüchtigen.
Bald ermüdet uns das Bleibende,
Fels und Sternwelt und Juwelen,
Uns in ewigem Wandel treibende
Wind- und Seifenblasenseelen,
Zeitvermählte, Dauerlose,
Denen Tau am Blatt der Rose,
Denen eines Vogels Werben,
Eines Wolkenspieles Sterben,
Schneegeflimmer, Regenbogen,
Falter, schon hinweggeflogen,
Denen eines Lachens Läuten,
Das uns im Vorübergehen
Kaum gestreift, ein Fest bedeuten

Oder wehtun kann. Wir lieben,
Was uns gleich ist, und verstehen,
Was der Wind in Sand geschrieben.

Bekenntnis

Holder Schein, an deine Spiele
Sieh mich willig hingegeben;
Andre haben Zwecke, Ziele,
Mir genügt es schon, zu leben.

Gleichnis will mir alles scheinen,
Was mir je die Sinne rührte,
Des Unendlichen und Einen,
Das ich stets lebendig spürte.

Solche Bilderschrift zu lesen,
Wird mir stets das Leben lohnen,
Denn das Ewige, das Wesen,
Weiß ich in mir selber wohnen.

Leb wohl, Frau Welt

Es liegt die Welt in Scherben,
Einst liebten wir sie sehr,
Nun hat für uns das Sterben
Nicht viele Schrecken mehr.

Man soll die Welt nicht schmähen,
Sie ist so bunt und wild,
Uralte Zauber wehen
Noch immer um ihr Bild.

Wir wollen dankbar scheiden
Aus ihrem großen Spiel;
Sie gab uns Lust und Leiden,
Sie gab uns Liebe viel,

Leb wohl, Frau Welt, und schmücke
Dich wieder jung und glatt,
Wir sind von deinem Glücke
Und deinem Jammer satt.

Ländlicher Friedhof

Über schiefen Kreuzen Efeuhang,
Sanfte Sonne, Duft und Bienensang.

Selig ihr, die ihr geborgen liegt,
An der guten Erde Herz geschmiegt!

Selig, die ihr sanft und namenlos,
Heimgekehrte, ruht im Mutterschoß!

Aber horch: aus Bienenflug und Blust
Atmet Lebensgier und Daseinslust,

Aus der Tiefe Wurzelträumen bricht
Längst erloschener Wesen Drang ans Licht,

Lebenstrümmer dunkel eingescharrt,
Wandeln sich und heischen Gegenwart,

Und die Erdenmutter königlich
Rührt in drängenden Geburten sich.

Nein, der Friedenshort im Grabesschacht
Wiegt nicht schwerer als ein Traum der Nacht;

Trüber Rauch nur ist der Traum vom Tod,
Unter dem des Lebens Feuer loht.

Aus immer neuen Liebesfeuern

Im Schlendern durch eine fremde Stadt

Hinter roten Fensterblumen taucht
Eine Stirn empor, vom Licht behaucht,
Stille braune Augen blicken hold
Noch in kinderhaftem Märchengold,
Doch die Lippen und die frischen Wangen
Sind in ernster Sprödigkeit befangen.
Lächelnd schau ich Fremdling nach ihr hin,
Meine Schritte zögern und mein Sinn
Fleht voll rascher Inbrunst zum Geschick:
Laß sie lächeln einen Augenblick!
Und sie steht und blickt den fremden Mann
Wie aus Träumen fremd und freundlich an,
Und indem mein Lächeln heller wirbt,
Seh ich, wie die starre Blöde stirbt,
Lächelnd gibt der aufgeschloßne Mund
Lieblichkeit und holde Laune kund.
Doch indes ich unten stehen bleibe,
Lacht sie schnell und schließt die Fensterscheibe,
Daß die roten Blumen jäh erblassen;
Und ich schlendre weiter durch die Gassen.

Venedig

In mildem Takt ein leiser Tropfenfall,
Ein klirrend schwaches Tönen im Kanal,
Sonst nichts – sonst keiner Gondel rascher Kiel,
Kein Schritt, kein Wort, kein nächtlich Lautenspiel,
Kein Ruf, kein fernster Laut, kein Vogelschrei!
Mir ist in meinem kühlen Bett, ich sei
Fern, märchenfern an einer Insel Strand
Allein und abgetrennt von jedem Land,
Das Menschen trägt und Menschenlaute kennt.
Und Dunkelheit! Nicht Stern, nicht Mondlicht trennt
Der Dächer Umriß in der schwarzen Welt,
Die vor den Fenstern stumme Wache hält.
Wo bin ich doch? Vielleicht in einem Wald,
Wo jedes Blattes Fall im Moos verhallt.
Vielleicht gebannt in einem Märchenschloß,
Wo ehmals Leben, Licht und Jugend sproß
Und nun um Schläfer ohne Lust noch Leid
Hinflutet Dunkel – Sage – Ewigkeit.
Vielleicht in eines Grabes engem Schacht,
Umhegt von Einsamkeit – Vergessen – Nacht.
Aus jener Welt, die ich vordem gekannt,
Wie kam ich doch in dieses stumme Land,
Das so geheimnisvoll und nachtbeschwert
Sich dehnt und jedes kleinsten Tons entbehrt?

Ich weiß nichts mehr davon. Allein ich weiß:
Nicht lang, so wird ein schmales Pförtlein gehn
Und eine schöne Frau verschämt und heiß
Im regenschweren Mantel bei mir stehn
Und wird mich küssen … Mit verschlafnem Ton
Knarrt eine Tür. Prinzessin, kommst du schon?

Liebe

Wieder will mein froher Mund begegnen
Deinen Lippen, die mich küssend segnen,
Deine lieben Finger will ich halten
Und in meine Finger spielend falten,
Meinen Blick an deinem dürstend füllen,
Tief mein Haupt in deine Haare hüllen,
Will mit immerwachen jungen Gliedern
Deiner Glieder Regung treu erwidern
Und aus immer neuen Liebesfeuern
Deine Schönheit tausendmal erneuern,
Bis wir ganz gestillt und dankbar beide
Selig wohnen über allem Leide,
Bis wir Tag und Nacht und Heut und Gestern
Wunschlos grüßen als geliebte Schwestern,
Bis wir über allem Tun und Handeln
Als Verklärte ganz im Frieden wandeln.

Der Geliebten

Wieder fällt ein Blatt von meinem Baum,
Wieder welkt von meinen Blumen eine,
Wunderlich in ungewissem Scheine
Grüßt mich meines Lebens wirrer Traum.

Dunkel blickt die Leere rings mich an,
Aber in der Wölbung Mitte lacht
Ein Gestirn voll Trost durch alle Nacht,
Nah und näher zieht es seine Bahn.

Guter Stern, der meine Nacht versüßt,
Den mein Schicksal nah und näher zieht,
Fühlst du, wie mein Herz mit stummem Lied
Dir entgegenharrt und dich begrüßt?

Sieh, noch ist voll Einsamkeit mein Blick,
Langsam nur darf ich zu dir erwachen,
Darf ich wieder weinen, wieder lachen
Und vertrauen dir und dem Geschick.

Der Liebende

Nun liegt dein Freund wach in der milden Nacht,
Noch warm von dir, noch voll von deinem Duft,
Von deinem Blick und Haar und Kuß – o Mitternacht,
O Mond und Stern und blaue Nebelluft!
In dich, Geliebte, steigt mein Traum
Tief wie in Meer, Gebirg und Kluft hinein,
Verspritzt in Brandung und verweht zu Schaum,
Ist Sonne, Wurzel, Tier,
Nur um bei dir,
Um nah bei dir zu sein.
Saturn kreist fern und Mond, ich seh sie nicht,
Seh nur in Blumenblässe dein Gesicht,
Und lache still und weine trunken,
Nicht Glück, nicht Leid ist mehr,
Nur du, nur ich und du, versunken
Ins tiefe All, ins tiefe Meer,
Darein sind wir verloren,
Drin sterben wir und werden neugeboren.

Ohne dich

Mein Kissen schaut mich an zur Nacht
Leer wie ein Totenstein;
So bitter hatt ich's nie gedacht,
Allein zu sein
Und nicht in deinem Haar gebettet sein!

Ich lieg allein im stillen Haus,
Die Ampel ausgetan,
Und strecke sacht die Hände aus,
Die deinen zu umfahn,
Und dränge leis den heißen Mund
Nach dir und küß mich matt und wund –
Und plötzlich bin ich aufgewacht
Und ringsum schweigt die kalte Nacht,
Der Stern im Fenster schimmert klar –
O du, wo ist dein blondes Haar,
Wo ist dein süßer Mund?

Nun trink ich Weh in jeder Lust
Und Gift in jedem Wein;
So bitter hatt ich's nie gewußt,
Allein zu sein,
Allein und ohne dich zu sein!

Die Geheimnisvolle

So viele Frauen, wenn sie lieben, geben
Uns in der Wollust ihr Geheimnis preis,
Wir pflücken es, und kennen sie fürs Leben.
Denn ob die Liebe auch zu täuschen weiß,
Ob auch die Wollust noch vermag zu trügen:
Wo beide Eins sind, können sie nicht lügen.

Du hast mit mir das Sakrament gefeiert,
Und Wollust schien bei dir mit Liebe Eins,
Und dennoch hast du dich mir nicht entschleiert,
Du hast das bange Rätsel deines Seins
Mir nie gelöst und anvertraut im Lieben,
Bist immer ein Geheimnis mir geblieben.

Dann bist du, plötzlich meiner müd, gegangen,
Und tatest mir zum letzten Male weh.
Ein Stück von mir blieb noch bei dir gefangen,
Und wenn ich fern dich Schlanke gehen seh,
Kann ich die fremde schöne Frau begehren,
Als ob wir nie ein Paar gewesen wären.

Porträt

Hochmütig, schön und rätselhaft,
Der Mund voll Spott, die Stirn voll Stolz,
Der Blick voll loher Leidenschaft –
Und über deine Schulter hängt
Ein Bündel schweren Lockengolds.

Ich sah dich froh und mienenklar,
Sah dich in Nächten aufgerafft
Aus schwülem Bett mit wirrem Haar,
Ich sah dich hundertfach, doch jedesmal
Hochmütig, schön und rätselhaft.

Wetterleuchten

Wetterleuchten fiebert fern,
Der Jasmin mit sonderbaren
Lichtern wie ein scheuer Stern
Schimmert bleich in deinen Haaren.

Deiner wundersamen Macht,
Deiner schweren, sternelosen,
Opfern Küsse wir und Rosen,
Atemlose, schwüle Nacht.

Küsse ohne Glück und Glanz,
Die wir kaum geküßt bereuen –
Rosen, die in trübem Tanz
Überreife Blätter streuen.

Nacht, die ohne Tau vergeht!
Liebe, ohne Glück noch Tränen!
Über uns ein Wetter steht,
Das wir fürchten und ersehnen.

Nachtgang

Im Erlenbusch ist noch ein Vogel wach,
Sonst schweigt im grünen Mondlicht Tal und Wald.
Mir wandeln meiner Jugend Schatten nach
Und singen Traumgesänge mannigfalt.
Wie kam ich doch aus Lebens Sturm und Glut
In dieses grüne Tal jenseits der Welt,
Wo aller Träume Schar so friedsam ruht
Und doch mein Herz an hundert Fäden hält?

Verzaubert sag ich liebe Namen viel,
Verschollen ferne, die ich einst gekannt,
Und geh verloren weiter ohne Ziel
Durch der Erinnerung gedämpftes Land.
Da glänzt dein Name aus der Dämmerung,
Du Einzige, und plötzlich bin ich wach,
Und aller Schmerz ist wieder neu und jung
Und wandelt glühend deinen Spuren nach.

Irgendwo aus Höllengründen

Traum

Aus einem argen Traume aufgewacht
Sitz ich im Bett und starre in die Nacht.

Mir graut vor meiner eignen Seele tief,
Die solche Bilder aus dem Dunkel rief.

Die Sünden, die ich da im Traum getan,
Sind sie mein eigen Werk? Sind sie nur Wahn?

Ach, was der schlimme Traum mir offenbart,
Ist bitter wahr, ist meine eigne Art.

Aus eines unbestochenen Richters Mund
Ward mir ein Flecken meines Wesens kund.

Zum Fenster atmet kühl die Nacht herein
Und schimmert nebelhaft in grauem Schein.

O süßer, lichter Tag, komm du heran
Und heile, was die Nacht mir angetan!

Durchleuchte mich mit deiner Sonne, Tag,
Daß wieder ich vor dir bestehen mag!

Und mache mich, ob's auch in Schmerzen sei,
Vom Grauen dieser bösen Stunde frei!

In der Nacht

An dem Gedanken bin ich oft erwacht,
Daß jetzt ein Schiff geht durch die kühle Nacht
Und Meere sucht und nach Gestaden fährt,
Nach denen heiße Sehnsucht mich verzehrt.
Daß jetzt an Orten, die kein Seemann kennt,
Ein rotes Nordlicht ungesehen brennt.
Daß jetzt ein schöner fremder Frauenarm
Sich liebesuchend preßt in Kissen weiß und warm.
Daß einer, der zum Freund mir war bestimmt,
Jetzt fern im Meer ein dunkles Ende nimmt.
Daß meine Mutter, die mich nimmer kennt,
Vielleicht im Schlaf jetzt meinen Namen nennt.

Jede Nacht

Jede Nacht der gleiche Jammer,
Erst getanzt, gelacht, gesoffen,
Müde dann in meine Kammer
Und ins kühle Bett geschloffen.
Kurzer Schlaf und langes Wachen,
Verse aufs Papier geschrieben,
Brennende Augen wund gerieben,
Lieber Gott, es ist zum Lachen!
Zwischen Träumetrümmern lieg ich,
Wünsche dieser Qual ein Ende,
In zerwühlte Kissen schmieg ich
Heiße Wangen, feuchte Hände,
Schütte Whisky in die Kehle,
Und in den verlorenen Schlünden
Jammert die erstickte Seele.
Irgendwo aus Höllengründen
Kommt der Morgen dann geschlichen,
Und der Tag mit fürchterlichen
Augen stiert auf meine Sünden.

Verführer

Gewartet habe ich vor vielen Türen,
In manches Mädchenohr mein Lied gesungen,
Viel schöne Frauen sucht ich zu verführen,
Bei der und jener ist es mir gelungen.
Und immer, wenn ein Mund sich mir ergab,
Und immer, wenn die Gier Erfüllung fand,
Sank eine selige Phantasie ins Grab,
Hielt ich nur Fleisch in der enttäuschten Hand.
Der Kuß, um den ich innigst mich bemühte,
Die Nacht, um die ich lang voll Glut geworben,
Ward endlich mein – und war gebrochene Blüte,
Der Duft war hin, das Beste war verdorben.
Von manchem Lager stand ich auf voll Leid,
Und jede Sättigung ward Überdruß;
Ich sehnte glühend fort mich vom Genuß
Nach Traum, nach Sehnsucht und nach Einsamkeit.
O Fluch, daß kein Besitz mich kann beglücken,
Daß jede Wirklichkeit den Traum vernichtet,
Den ich von ihr im Werben mir gedichtet
Und der so selig klang, so voll Entzücken!
Nach neuen Blumen zögernd greift die Hand,
Zu neuer Werbung stimm ich mein Gedicht …
Wehr dich, du schöne Frau, straff dein Gewand!
Entzücke, quäle – doch erhör mich nicht!

Hingabe

Dunkle du, Urmutter aller Lust,
Die ich floh, die ich so oft verflucht,
Die mich dennoch immer hat gesucht,
Endlich werf ich mich an deine Brust!

Nimm mich hin, furchtbare Mutter Nacht,
Todeswollust ist's, dich zu umarmen,
Heimlich aus dem heißen Abgrund lacht
Ahnung von Erlösung, von Erbarmen.
Tief in deinen schwarzen Augen brennt
Deiner düstern Liebe Glut so wehe,
Deiner Liebe, die mich ganz erkennt,
Deren Todesruf ich ganz verstehe.
Willig folg ich dir durch Blut und Angst,
Fühle, wie du mich zurückverlangst,
Um noch einmal mich dein Kind zu nennen,
Um in einem Kuß mich zu verbrennen.

Am Ende

Plötzlich ist verzuckt das Flackerlicht,
Das mich lockte durch so viele Lüste,
In den starren Fingern schreit die Gicht,
Plötzlich steh ich wieder in der Wüste,
Steppenwolf, und speie auf die Scherben
Der verglühten Feste ohne Glück,
Packe meinen Koffer, fahr zurück
In die Steppe, denn es gilt zu sterben.
Lebe wohl, vergnügte Bilderwelt,
Maskenbälle, allzu süße Frauen;
Hinterm Vorhang, der nun klirrend fällt,
Weiß ich warten das gewohnte Grauen.
Langsam geh dem Feinde ich entgegen,
Eng und enger schnürt mich ein die Not.
Das erschrockne Herz mit harten Schlägen
Wartet, wartet, wartet auf den Tod.

Schizophren

Das Lied ist aus,
Wollen Sie also gefälligst wenden,
Entgürten Sie Ihre Lenden
Und fühlen Sie sich hier, bitte, wie zu Haus!
Legen Sie ab Ihre werte Persönlichkeit
Und wählen Sie sich als Abendkleid
Eine beliebige Inkarnation,
Den Don Juan oder den verlorenen Sohn
Oder die große Hure von Babylon,
Es geschieht nur zur besseren Belügung,
Die Garderobe steht ganz zu Ihrer Verfügung.

Haben Sie vielleicht meine Eltern gekannt?
Sie zählten zu den Stillen im Land,
Doch waren auch sie von der Erbsünde gehetzt,
Sonst hätten sie mich nicht in die Welt gesetzt.
Indes spielt dies hier eigentlich keine Rolle,
Zur Fortpflanzung bediene ich mich der Knolle,
Es ist das höchste Glück auf Erden
Und kann auch elektrisch betrieben werden.
So werden Sie wohl freundlichst gestatten,
Daß wir beide uns höflich begatten,
Wie es sich ziemt zwischen Vater und Sohn.
Vielleicht bedienen Sie inzwischen das Grammophon,
Während ich im Ständeratssaale
Die amtlichen Begattungssteuern bezahle.

Die Kunst des Pfeifens

[Kopflos]

Man nehm den Deckel nur vom Topfe
Und sieh, wie froh der Dampf entweicht!
Wie lebt nach abgeschnittnem Kopfe
Das schwere Leben sich so leicht!
Kein Schnupfen mehr, kein Nasentropfen,
Kein Zahnweh und kein Augenbrand
Noch Stirnkatarrh noch Schläfenklopfen,
Es ist wie im Schlaraffenland.
Zwar gibt es ohne Kopf kein Denken,
Doch ist es darum nicht so schad,
Man kann mit Wein die Kehle tränken,
Es ist das beste Gurgelbad.
Und ach, wie lebt es sich so stille:
Kein Wort, kein Lärm, kein grelles Licht!
Und nie mehr sucht man seine Brille
Und nie mehr macht man ein Gedicht.

Leicht betrunken

Gewissermaßen und beziehungsweise
Ist alles, was wir schwatzen, gleich den Blumen –
Sie welken still am Busen unsrer Muhmen,
Doch weiter geht des Lebens hastige Reise.

Es leben Tiere schlafend und verborgen,
In Höhlen still ihr eignes Fett verzehrend,
Von ihnen spricht der Zoolog belehrend;
Doch leben sie genügsam, ohne Sorgen.

Von uns jedoch geht eine alte Sage,
Daß unser Dasein Höheres bedeute.
Vermutlich ist es dies, was unsre Lage
So trostlos komisch macht für uns und andre Leute.

Der Mann von fünfzig Jahren

Von der Wiege bis zur Bahre
Sind es fünfzig Jahre,
Dann beginnt der Tod.
Man vertrottelt, man versauert,
Man verwahrlost, man verbauert
Und zum Teufel gehn die Haare.
Auch die Zähne gehen flöten,
Und statt daß wir mit Entzücken
Junge Mädchen an uns drücken,
Lesen wir ein Buch von Goethen.

Aber einmal noch vor'm Ende
Will ich so ein Kind mir fangen,
Augen hell und Locken kraus,
Nehm's behutsam in die Hände,
Küsse Mund und Brust und Wangen,
Zieh ihm Rock und Höslein aus.
Nachher dann in Gottes Namen
Soll der Tod mich holen. Amen.

Pfeifen

Klavier und Geige, die ich wahrlich schätze,
Ich konnte mich mit ihnen kaum befassen;
Mir hat bis jetzt des Lebens rasche Hetze
Nur zu der Kunst des Pfeifens Zeit gelassen.

Zwar darf ich mich noch keinen Meister nennen,
Lang ist die Kunst und kurz ist unser Leben.
Doch alle, die des Pfeifens Kunst nicht kennen,
Bedaure ich. Mir hat sie viel gegeben.

Drum hab ich längst mir innigst vorgenommen,
In dieser Kunst von Grad zu Grad zu reifen,
Und hoffe endlich noch dahin zu kommen,
Auf mich, auf euch, auf alle Welt zu pfeifen.

Ein Wallfahrer-Lied

Von Vögeln gesungen

Die Woge wogt, es wallt die Quelle,
Es wallt die Qualle in der Welle,
Wir aber wallen durch die Welt,
Weil nur das Wallen uns gefällt.
Wir tuns nicht, weil wir wallen sollen,
Wir tun es, weil wir wallen wollen.
Wer nur der Tugend willen wallt,
Kennt nicht des Wallens Allgewalt.
Sie wallt und waltet über allen,
Die nur des Wallens willen wallen.

[Psychologie]

Der Hummer liebte die Languste,
Was aber unerwidert blieb,
Die Liebe sank ins Unbewußte
Und wurde dort zum Todestrieb.

Ein Psychologe untersuchte
Den Fall und fand ihn gar nicht klar,
Der Hummer lief davon und fluchte,
Er fand zu hoch das Honorar.

Der Psychologe nun verübelte
Ihm dies Verhalten, wenn auch stumm,
Doch sein gescheites Köpfchen grübelte
Noch länger an dem Fall herum.

Auch ohne Arzt genas der Hummer
Und fand ein andres Liebesglück,
Der Arzt führt aber seinen Kummer
Auf einen Geldkomplex zurück.

Philosophie

Vom Unbewußten zum Bewußten,
Von da zurück durch viele Pfade
Zu dem, was unbewußt wir wußten,
Von dort verstoßen ohne Gnade
Zum Zweifel, zur Philosophie,
Erreichen wir die ersten Grade
Der Ironie.

Sodann durch emsige Betrachtung,
Durch scharfe Spiegel mannigfalt
Nimmt uns zu frierender Umnachtung
In grausam eiserne Gewalt
Die kühle Kluft der Weltverachtung.

Die aber lenkt uns klug zurück
Durch der Erkenntnis schmalen Spalt
Zum bittersüßen Greisenglück
Der Selbstverachtung.

Entgegenkommen

Die ewig Unentwegten und Naiven
Ertragen freilich unsre Zweifel nicht.
Flach sei die Welt, erklären sie uns schlicht,
Und Faselei die Sage von den Tiefen.

Denn sollt es wirklich andre Dimensionen
Als die zwei guten, altvertrauten geben,
Wie könnte da ein Mensch noch sicher wohnen,
Wie könnte da ein Mensch noch sorglos leben?

Um also einen Frieden zu erreichen,
So laßt uns eine Dimension denn streichen!

Denn sind die Unentwegten wirklich ehrlich,
Und ist das Tiefensehen so gefährlich,
Dann ist die dritte Dimension entbehrlich.

Vom Sinn der Welt

Bhagavad Gita

Wieder lag ich schlaflos Stund um Stund,
Unbegriffenen Leids die Seele voll und wund.

Brand und Tod sah ich auf Erden lodern,
Tausende unschuldig leiden, sterben, modern.

Und ich schwor dem Kriege ab im Herzen
Als dem blinden Gott sinnloser Schmerzen.

Sieh, da klang mir in der Stunde trüber
Einsamkeit Erinnerung herüber,

Und es sprach zu mir den Friedensspruch
Ein uraltes indisches Götterbuch:

»Krieg und Friede, beide gelten gleich,
Denn kein Tod berührt des Geistes Reich.

Ob des Friedens Schale steigt, ob fällt,
Ungemindert bleibt das Weh der Welt.

Darum kämpfe du und lieg nicht stille;
Daß du Kräfte regst, ist Gottes Wille!

Doch ob dein Kampf zu tausend Siegen führt,
Das Herz der Welt schlägt weiter unberührt.«

An den indischen Dichter Bhartrihari

Wie du, Vorfahr und Bruder, geh auch ich
Im Zickzack zwischen Trieb und Geist durchs Leben,
Heut Weiser, morgen Narr, heut inniglich
Dem Gotte, morgen heiß dem Fleisch ergeben.
Mit beiden Büßergeißeln schlag ich mir
Die Lenden blutig: Wollust und Kasteiung:
Bald Mönch, bald Wüstling, Denker bald, bald Tier;
Des Daseins Schuld in mir schreit nach Verzeihung,
Auf beiden Wegen muß ich Sünde richten,
In beiden Feuern brennend mich vernichten.

Die gestern mich als Heiligen verehrt,
Sehn heute in den Wüstling mich verkehrt,
Die gestern mit mir in den Gossen lagen,
Sehn heut mich fasten und Gebete sagen,
Und alle speien aus und fliehen mich,
Den treulos Liebenden, den Würdelosen;
Auch der Verachtung Blume flechte ich
In meines Dornenkranzes blutige Rosen.
Scheinheilig wandl' ich durch die Welt des Scheins,
Mir selbst wie euch verhaßt, ein Greuel jedem Kinde,
Und weiß doch: alles Tun, eures wie meins,
Wiegt weniger vor Gott als Staub im Winde.

Und weiß: auf diesen ruhmlos sündigen Pfad
Weht Gottes Atem mich, ich muß es dulden,
Muß weiter treiben, tiefer mich verschulden
Im Rausch der Lust, im Bann der bösen Tat.

Was dieses Treibens Sinn sei, weiß ich nicht.
Mit den befleckten, lasterhaften Händen
Wisch ich mir Staub und Blut vom Angesicht
Und weiß nur: diesen Weg muß ich vollenden.

Der erhobene Finger

Meister Djü-dschi war, wie man uns berichtet,
Von stiller, sanfter Art und so bescheiden,
Daß er auf Wort und Lehre ganz verzichtet,
Denn Wort ist Schein, und jeden Schein zu meiden
War er gewissenhaft bedacht.
Wo manche Schüler, Mönche und Novizen
Vom Sinn der Welt, vom höchsten Gut
In edler Rede und in Geistesblitzen
Gern sich ergingen, hielt er schweigend Wacht,
Vor jedem Überschwange auf der Hut.
Und wenn sie ihm mit ihren Fragen kamen,
Den eitlen wie den ernsten, nach dem Sinn
Der alten Schriften, nach den Buddha-Namen,
Nach der Erleuchtung, nach der Welt Beginn
Und Untergang, verblieb er schweigend,
Nur leise mit dem Finger aufwärts zeigend.
Und dieses Fingers stumm-beredtes Zeigen
Ward immer inniger und mahnender: es sprach,
Es lehrte, lobte, strafte, wies so eigen
Ins Herz der Welt und Wahrheit, daß hernach
So mancher Jünger dieses Fingers sachte
Hebung verstand, erbebte und erwachte.

Junger Novize im Zen-Kloster

Ist auch alles Trug und Wahn
Und die Wahrheit stets unnennbar,
Dennoch blickt der Berg mich an
Zackig und genau erkennbar.

Hirsch und Rabe, rote Rose,
Meeresblau und bunte Welt:
Sammle dich – und sie zerfällt
Ins Gestalt- und Namenlose.

Sammle dich und kehre ein,
Lehre schauen, lerne lesen!
Sammle dich – und Welt wird Schein.
Sammle dich – und Schein wird Wesen.

Wir leben hin …

Wir leben hin in Form und Schein
Und ahnen nur in Leidestagen
Das ewig wandellose Sein,
Von dem uns dunkle Träume sagen.

Wir freuen uns an Trug und Schaum,
Wir gleichen führerlosen Blinden,
Wir suchen bang in Zeit und Raum,
Was nur im Ewigen zu finden.

Erlösung hoffen wir und Heil
In wesenlosen Traumesgaben –
Da wir doch Götter sind und teil
Am Urbeginn der Schöpfung haben.

Morgen

Nun lockt mich keine Liebesnacht
Und kaum ein voller Becher mehr.
Ich bin aus Nacht und Ungefähr
Zum grimmen Tag erwacht.

Die roten Fackeln sind verbrannt,
Der Morgen schaut mir ins Gesicht.
Und das gewohnte Vaterland
Ist meine Heimat nicht.

Was Menschen reden, tönt mir nun
Wie aus versunkenen Städten her;
Was sie da unten sind und tun,
Ist meine Welt nicht mehr.

Aus dumpfem Leid und Freudenschwall
Klärt sich mein Wille rein und kalt.
Was gestern Spiel und Ungestalt,
Ist heute Form, Gesetz, Kristall.

Die Unsterblichen

Immer wieder aus der Erde Tälern
Dampft zu uns empor des Lebens Drang:
Wilde Not, berauschter Überschwang,
Blutiger Rauch von tausend Henkersmählern,
Krampf der Lust, Begierde ohne Ende,
Mörderhände, Wuchererhände, Beterhände.
Angst- und lustgepeitschter Menschenschwarm
Dunstet schwül und faulig, roh und warm,
Atmet Seligkeit und wilde Brünste,
Frißt sich selbst und speit sich wieder aus,
Brütet Kriege aus und holde Künste,
Schmückt mit Wahn das brennende Freudenhaus,
Schlingt und zehrt und hurt sich durch die grellen
Jahrmarktsfreuden seiner Kinderwelt,
Hebt für jeden neu sich aus den Wellen,
Wie sie jedem einst zu Kot zerfällt.

Wir dagegen haben uns gefunden.
In des Äthers sterndurchglänztem Eis,
Kennen keine Tage, keine Stunden,
Sind nicht Mann noch Weib, nicht jung noch Greis.
Eure Sünden sind und eure Ängste,
Euer Mord und eure geilen Wonnen
Schauspiel uns gleichwie die kreisenden Sonnen,
Jeder einzige Tag ist uns der längste.

Still zu eurem zuckenden Leben nickend,
Still in die sich drehenden Sterne blickend,
Atmen wir des Weltraums Winter ein,
Sind befreundet mit dem Himmelsdrachen;
Kühl und wandellos ist unser ewiges Sein,
Kühl und sternhell unser ewiges Lachen.

Dienst

Im Anfang herrschten jene frommen Fürsten,
Feld, Korn und Pflug zu weihen und das Recht
Der Opfer und der Maße im Geschlecht
Der Sterblichen zu üben, welche dürsten

Nach der Unsichtbaren gerechtem Walten,
Das Sonn und Mond im Gleichgewichte hält,
Und deren ewig strahlende Gestalten
Des Leids nicht kennen und des Todes Welt.

Längst ist der Göttersöhne heilige Reihe
Erloschen, und die Menschheit blieb allein
In Lust und Leides Taumel, fern vom Sein,
Ein ewiges Werden ohne Maß und Weihe.

Doch niemals starb des wahren Lebens Ahnung,
Und unser ist das Amt, im Niedergang
Durch Zeichenspiel, durch Gleichnis und Gesang
Fortzubewahren heiliger Ehrfurcht Mahnung.

Vielleicht, daß einst das Dunkel sich verliert,
Vielleicht, daß einmal sich die Zeiten wenden,
Daß Sonne wieder uns als Gott regiert
Und Opfergaben nimmt von unsern Händen.

Klage

Uns ist kein Sein vergönnt. Wir sind nur Strom,
Wir fließen willig allen Formen ein:
Dem Tag, der Nacht, der Höhle und dem Dom,
Wir gehn hindurch, uns treibt der Durst nach Sein.

So füllen Form um Form wir ohne Rast,
Und keine wird zur Heimat uns, zum Glück, zur Not,
Stets sind wir unterwegs, stets sind wir Gast,
Uns ruft nicht Feld noch Pflug, uns wächst kein Brot.

Wir wissen nicht, wie Gott es mit uns meint,
Er spielt mit uns, dem Ton in seiner Hand,
Der stumm und bildsam ist, nicht lacht noch weint,
Der wohl geknetet wird, doch nie gebrannt.

Einmal zu Stein erstarren! Einmal dauern!
Danach ist unsre Sehnsucht ewig rege,
Und bleibt doch ewig nur ein banges Schauern,
Und wird doch nie zur Rast auf unsrem Wege.

Doch heimlich dürsten wir …

Anmutig, geistig, arabeskenzart
Scheint unser Leben sich wie das von Feen
In sanften Tänzen um das Nichts zu drehen,
Dem wir geopfert Sein und Gegenwart.

Schönheit der Träume, holde Spielerei,
So hingehaucht, so reinlich abgestimmt,
Tief unter deiner heitern Fläche glimmt
Sehnsucht nach Nacht, nach Blut, nach Barbarei.

Im Leeren dreht sich, ohne Zwang und Not,
Frei unser Leben, stets zum Spiel bereit,
Doch heimlich dürsten wir nach Wirklichkeit,
Nach Zeugung und Geburt, nach Leid und Tod.

Seifenblasen

Es destilliert aus Studien und Gedanken
Vielvieler Jahre spät ein alter Mann
Sein Alterswerk, in dessen krause Ranken
Er spielend manche süße Weisheit spann.

Hinstürmt voll Glut ein eifriger Student,
Der sich in Büchereien und Archiven
Viel umgetan und den der Ehrgeiz brennt,
Ein Jugendwerk voll genialischer Tiefen.

Es sitzt und bläst ein Knabe in den Halm,
Er füllt mit Atem farbige Seifenblasen,
Und jede prunkt und lobpreist wie ein Psalm,
All seine Seele gibt er hin im Blasen.

Und alle drei, Greis, Knabe und Student
Erschaffen aus dem Maya-Schaum der Welten
Zaubrische Träume, die an sich nichts gelten,
In welchen aber lächelnd sich erkennt
Das ewige Licht, und freudiger entbrennt.

Das Glasperlenspiel

Musik des Weltalls und Musik der Meister
Sind wir bereit in Ehrfurcht anzuhören,
Zu reiner Feier die verehrten Geister
Begnadeter Zeiten zu beschwören.

Wir lassen vom Geheimnis uns erheben
Der magischen Formelschrift, in deren Bann
Das Uferlose, Stürmende, das Leben
Zu klaren Gleichnissen gerann.

Sternbildern gleich ertönen sie kristallen,
In ihrem Dienst ward unserm Leben Sinn,
Und keiner kann aus ihren Kreisen fallen
Als nach der heiligen Mitte hin.

Roter Pavillon

Roter Pavillon, im Park verborgen,
Wo er sich in wilden Wald verliert,
Als du noch in deinem jungen Morgen
Lachtest, wie hast du den Park geziert!
Hast auf der Terrasse dich gebrüstet,
Schlank, achtkantig, zierlich, kühn, kokett,
Feste wurden oft in dir gerüstet,
Jagdtrunk, Vogelessen und Bankett.
Jetzt im groß gewordenen Walde stehst du
Klein, verloren fast und sehr geheim,
Mit verblichenem Farbenzauber wehst du
Lächelnd Wehmut wie ein alter Reim,
Der einst jung und frech und wild geklungen,
Heut altväterisch tönt und Rührung weckt;
Eingesunken in Erinnerungen
Stehst du, und die Abendsonne leckt
Müd an deinen rostigen Gitterstäben,
Deinen spitzen Bogen, deinem Dach;
Deinen schmucken Formen hingegeben,
Sinnst du den verklungenen Festen nach.
So wird uns zu Sinn beim Wiedergrüßen
Einer Jugendliebe, deren Haar
Weiß geworden, deren einst so süßen
Mädchenzügen still und wunderbar
Sich die Todeslinien eingeschrieben,

Daß wir sie, bewegt, noch einmal lieben,
Sie und das Unsägliche, das einst war.

Stufen

Wie jede Blüte welkt und jede Jugend
Dem Alter weicht, blüht jede Lebensstufe,
Blüht jede Weisheit auch und jede Tugend
Zu ihrer Zeit und darf nicht ewig dauern.
Es muß das Herz bei jedem Lebensrufe
Bereit zum Abschied sein und Neubeginne,
Um sich in Tapferkeit und ohne Trauern
In andre, neue Bindungen zu geben.
Und jedem Anfang wohnt ein Zauber inne,
Der uns beschützt und der uns hilft, zu leben.

Wir sollen heiter Raum um Raum durchschreiten,
An keinem wie an einer Heimat hängen,
Der Weltgeist will nicht fesseln uns und engen,
Er will uns Stuf um Stufe heben, weiten.
Kaum sind wir heimisch einem Lebenskreise
Und traulich eingewohnt, so droht Erschlaffen,
Nur wer bereit zu Aufbruch ist und Reise,
Mag lähmender Gewöhnung sich entraffen.

Es wird vielleicht auch noch die Todesstunde
Uns neuen Räumen jung entgegen senden,
Des Lebens Ruf an uns wird niemals enden …
Wohlan denn, Herz, nimm Abschied und gesunde!

Immer wieder will sich Gott verkünden

Besinnung

Göttlich ist und ewig der Geist.
Ihm entgegen, dessen wir Bild und Werkzeug sind,
Führt unser Weg; unsre innerste Sehnsucht ist:
Werden wie Er, leuchten in Seinem Licht.

Aber irden und sterblich sind wir geschaffen,
Träge lastet auf uns Kreaturen die Schwere.
Hold zwar und mütterlich warm umhegt uns Natur,
Säugt uns Erde, bettet uns Wiege und Grab;
Doch befriedet Natur uns nicht,
Ihren Mutterzauber durchstößt
Des unsterblichen Geistes Funke
Väterlich, macht zum Manne das Kind,
Löscht die Unschuld und weckt uns zu Kampf und
Gewissen.

So zwischen Mutter und Vater,
So zwischen Leib und Geist
Zögert der Schöpfung gebrechlichstes Kind,
Zitternde Seele Mensch, des Leidens fähig
Wie kein andres Wesen, und fähig des Höchsten:
Gläubiger, hoffender Liebe.

Schwer ist sein Weg, Sünde und Tod seine Speise,
Oft verirrt er ins Finstre, oft wär ihm
Besser, niemals erschaffen zu sein.
Ewig aber strahlt über ihm seine Sehnsucht,
Seine Bestimmung: das Licht, der Geist.
Und wir fühlen: ihn, den Gefährdeten,
Liebt der Ewige mit besonderer Liebe.

Darum ist uns irrenden Brüdern
Liebe möglich noch in der Entzweiung,
Und nicht Richten und Haß,
Sondern geduldige Liebe,
Liebendes Dulden führt
Uns dem heiligen Ziele näher.

Jesus und die Armen

Du bist gestorben, lieber Bruder Christ,
Wo aber sind die, für die du gestorben bist?

Du bist gestorben für aller Sünder Not,
Aus deinem Leibe ward das heilige Brot,
Das essen sonntags die Priester und die Gerechten,
An deren Türen wir Hungrigen fechten.

Wir essen dein Brot der Vergebung nicht,
Das der fette Priester den Satten bricht;
Dann gehn sie, verdienen Geld, führen Krieg und morden,
Keiner ist durch dich selig geworden.

Wir Armen, wir gehen auf deinen Wegen
Dem Elend, der Schande, dem Kreuz entgegen.
Die andern gehen vom heiligen Nachtmahl heim
Und laden den Priester zu Braten und Kuchen ein.

Bruder Christ, du hast vergebens gelitten –
Gib du den Satten, um was sie dich bitten!
Wir Hungrigen wollen nichts von dir, Christ;
Wir lieben dich bloß, weil du unser einer bist.

Gebet

Laß mich verzweifeln, Gott, an mir,
Doch nicht an dir!
Laß mich des Irrens ganzen Jammer schmecken,
Laß alles Leides Flammen an mir lecken,
Laß mich erleiden alle Schmach,
Hilf nicht mich erhalten,
Hilf nicht mich entfalten!
Doch wenn mir alles Ich zerbrach,
Dann zeige mir,
Daß du es warst,
Daß du die Flammen und das Leid gebarst,
Denn gern will ich verderben,
Will gerne sterben,
Doch sterben kann ich nur in dir.

Absterben

Wenn ich Kinder spielen sehe
Und ihr Spiel nicht mehr verstehe
Und ihr Lachen fremd und töricht klingt,
Ach das ist vom bösen Feinde,
Den ich ewig ferne meinte,
Eine Mahnung, die nicht mehr verklingt.

Wenn ich Liebesleute sehe
Und zufrieden weiter gehe
Ohne Sehnsucht nach dem Paradies,
Ach das ist ein still Verzichten
Auf des Herzens tiefstes Dichten,
Das der Jugend Ewigkeit verhieß.

Wenn ich böse Reden höre
Und mich nicht mehr heiß empöre
Und gelassen tu, als hört ich's nicht,
O dann zuckt im Herzen,
Still und ohne Schmerzen,
Und erlischt das heilige Licht.

Im Leide

Daß bei jedem Föhn
Vom Berg die Lawine rollt
Mit Sausen und Todesgetön –
Hat das Gott gewollt?

Daß ich ohne Gruß
Durch der Menschen Land
Fremd wandern muß,
Kommt das von Gottes Hand?

Sieht Er in Herzensnot
Und Qual mich schweben?
– Ach, Gott ist tot!
Und ich soll leben?

Auf einem nächtlichen Marsch

Sturm und schräger Regenstrich,
Schwarze Felderweite,
Wolkenschatten feierlich
Geben uns Geleite.

Plötzlich aus erhelltem Schacht
Dunkler Wolkenhänge
Blickt die monderfüllte Nacht
Still in das Gedränge.

Himmelsinseln blauen rein,
Strenge Sterne grüßen,
Wolkenrand im Mondesschein
Wallt in Silberflüssen.

Seele, Seele, sei bereit!
Ferne Brüder rufen
Aus der Finsternis der Zeit
Dich zu goldnen Stufen.

Seele, nimm das Zeichen an,
Bade dich im Weiten!
Gott wird deine dunkle Bahn
Noch zum Lichte leiten.

Genesung

Lange waren meine Augen müd
Und vom Rauch der Städte bang verschleiert,
Nun erwacht ich schaudernd. Feste feiert
Jeder Baum und jeder Garten blüht.

Wieder wie ich einst als Knabe sah,
Seh ich fröhlich durch die sanften Weiten
Engel ihre weißen Flügel breiten
Und die Augen Gottes blau und nah.

Neues Erleben

Wieder seh ich Schleier sinken,
Und Vertrautestes wird fremd,
Neue Sternenräume winken,
Seele schreitet traumgehemmt.

Abermals in neuen Kreisen
Ordnet sich um mich die Welt,
Und ich seh mich eiteln Weisen
Als ein Kind hineingestellt.

Doch aus früheren Geburten
Zuckt entfernte Ahnung her:
Sterne sanken, Sterne wurden,
Und der Raum war niemals leer.

Seele beugt sich und erhebt sich,
Atmet in Unendlichkeit,
Aus zerrißnen Fäden webt sich
Neu und schöner Gottes Kleid.

Der Heiland

Immer wieder wird er Mensch geboren,
Spricht zu frommen, spricht zu tauben Ohren,
Kommt uns nah und geht uns neu verloren.

Immer wieder muß er einsam ragen,
Aller Brüder Not und Sehnsucht tragen,
Immer wird er neu ans Kreuz geschlagen.

Immer wieder will sich Gott verkünden,
Will das Himmlische ins Tal der Sünden,
Will ins Fleisch der Geist, der ewige, münden.

Immer wieder, auch in diesen Tagen,
Ist der Heiland unterwegs, zu segnen,
Unsern Ängsten, Tränen, Fragen, Klagen
Mit dem stillen Blicke zu begegnen,
Den wir doch nicht zu erwidern wagen,
Weil nur Kinderaugen ihn ertragen.

Nach Sprache sehnt sich alles Leben

Ich bin nur einer –

Ich möchte wohl, wie große Dichter tun,
Einmal auf hellen, mühelosen Schwingen
Im Höhenglanz der reinen Schönheit ruhn
Und mit Genossen um die Palme ringen.
Allein ich weiß, ein solcher bin ich nicht,
Nicht einer, der mit lächelnden Gebärden
Sich helle Kränze um die Schläfe flicht
Und dessen Lieblingsträume Lieder werden.

Ich bin nur einer, den von ferne her
Zuweilen fremd ein lichter Geist berührt,
Daß er erschrocken wie ein nahes Meer
Die ewige Schönheit gegenwärtig spürt,
Der manchmal staunend Lieder tönen hört,
Die ungewollt von seinen Lippen gleiten
Und deren keins ihm eigen zugehört
Und die ihm dennoch Seligkeit bereiten.

Inspiration

Nacht. Finsternis. In müder Hand
Laß ich von Tages lautem Tun
Abwärts zur ewigen Nacht gewandt
Die Stirne ruhn.
Wie still! Wie ohne Laut die Weite!
Kaum rauscht im Weg ein welkes Blatt,
Der Wolken dunkle Reise hat
Nicht Mond, nicht Sterne zum Geleite.
Langsam entgleitet meiner Brust
Der arge Stachel, unbewußt
Streift alles, was sie tags umgab,
Die Seele ab.
Was Tröstliches und Liebes ihr bekannt,
Tritt aus des Traumes Wunderheimatland
Vertraut hervor und neigt sich über sie.
O Seelentrösterin, sei mir willkommen,
Du Ahnungsvolle, deren Melodie
So oft den Alp von meiner Brust genommen!
Auf deine Stimme laß mich wieder,
Traumtiefer Born geschmückter Lieder,
Auf deiner Silbersaiten Rauschen
Entrückt und traumverloren lauschen!

Buchstaben

Gelegentlich ergreifen wir die Feder
Und schreiben Zeichen auf ein weißes Blatt,
Die sagen dies und das, es kennt sie jeder,
Es ist ein Spiel, das seine Regeln hat.

Doch wenn ein Wilder oder Mondmann käme
Und solches Blatt, solch furchig Runenfeld
Neugierig forschend vor die Augen nähme,
Ihm starrte draus ein fremdes Bild der Welt,
Ein fremder Zauberbildersaal entgegen.
Er sähe A und B als Mensch und Tier,
Als Augen, Zungen, Glieder sich bewegen,
Bedächtig dort, gehetzt von Trieben hier,
Er läse wie im Schnee den Krähentritt,
Er liefe, ruhte, litte, flöge mit
Und sähe aller Schöpfung Möglichkeiten
Durch die erstarrten schwarzen Zeichen spuken,
Durch die gestabten Ornamente gleiten,
Säh Liebe glühen, sähe Schmerzen zucken.
Er würde staunen, lachen, weinen, zittern,
Da hinter dieser Schrift gestabten Gittern
Die ganze Welt in ihrem blinden Drang
Verkleinert ihm erschiene, in die Zeichen
Verzwergt, verzaubert, die in steifem Gang
Gefangen gehn und so einander gleichen,

Daß Lebensdrang und Tod, Wollust und Leiden
Zu Brüdern werden, kaum zu unterscheiden …

Und endlich würde dieser Wilde schreien
Vor unerträglicher Angst, und Feuer schüren
Und unter Stirnaufschlag und Litaneien
Das weiße Runenblatt den Flammen weihen.
Dann würde er vielleicht einschlummernd spüren,
Wie diese Un-Welt, dieser Zaubertand,
Dies Unerträgliche zurück ins Niegewesen
Gesogen würde und ins Nirgendland,
Und würde seufzen, lächeln und genesen.

Sprache

Die Sonne spricht zu uns mit Licht,
Mit Duft und Farbe spricht die Blume,
Mit Wolken, Schnee und Regen spricht
Die Luft. Es lebt im Heiligtume
Der Welt ein unstillbarer Drang,
Der Dinge Stummheit zu durchbrechen,
In Wort, Gebärde, Farbe, Klang
Des Seins Geheimnis auszusprechen.
Hier strömt der Künste lichter Quell,
Es ringt nach Wort, nach Offenbarung,
Nach Geist die Welt und kündet hell
Aus Menschenlippen ewige Erfahrung.
Nach Sprache sehnt sich alles Leben,
In Wort und Zahl, in Farbe, Linie, Ton
Beschwört sich unser dumpfes Streben
Und baut des Sinnes immer höhern Thron.

In einer Blume Rot und Blau,
In eines Dichters Worte wendet
Nach innen sich der Schöpfung Bau,
Der stets beginnt und niemals endet.
Und wo sich Wort und Ton gesellt,
Wo Lied erklingt, Kunst sich entfaltet,
Wird jedesmal der Sinn der Welt,
Des ganzen Daseins neu gestaltet,

Und jedes Lied und jedes Buch
Und jedes Bild ist ein Enthüllen,
Ein neuer, tausendster Versuch,
Des Lebens Einheit zu erfüllen.
In diese Einheit einzugehn
Lockt euch die Dichtung, die Musik,
Der Schöpfung Vielfalt zu verstehn
Genügt ein einziger Spiegelblick.
Was uns Verworrenes begegnet,
Wird klar und einfach im Gedicht:
Die Blume lacht, die Wolke regnet,
Die Welt hat Sinn, das Stumme spricht.

Bücher

Alle Bücher dieser Welt
Bringen dir kein Glück,
Doch sie weisen dich geheim
In dich selbst zurück.

Dort ist alles, was du brauchst,
Sonne, Stern und Mond,
Denn das Licht, danach du frugst,
In dir selber wohnt.

Weisheit, die du lang gesucht
In den Büchereien,
Leuchtet jetzt aus jedem Blatt –
Denn nun ist sie dein.

Der Dichter und seine Zeit

Den ewigen Bildern treu, standhaft im Schauen
Stehst du zu Tat und Opferdienst bereit.
Doch fehlt in einer ehrfurchtlosen Zeit
Dir Amt und Kanzel, Würde und Vertrauen.

Dir muß genügen, auf verlorenem Posten,
Der Welt zum Spott, nur deines Rufs bewußt,
Auf Glanz verzichtend und auf Tageslust,
Zu hüten jene Schätze, die nicht rosten.

Der Spott der Märkte mag dich kaum gefährden,
Solang dir nur die heilige Stimme tönt;
Wenn sie in Zweifeln stirbt, stehst du verhöhnt
Vom eigenen Herzen als ein Narr auf Erden.

Doch ist es besser, künftiger Vollendung
Leidvoll zu dienen, Opfer ohne Tat,
Als groß und König werden durch Verrat
Am Sinne deines Leids: an deiner Sendung.

Abendwolken

Was so ein Dichter sinnt und treibt,
Sich Reim und Vers ins Büchlein schreibt,
Manch einem scheint es ohne Kern,
Doch Gott versteht's und duldet's gern.

Er selber, der die Welt ermißt,
Zuzeiten auch ein Dichter ist,
Und wenn das Abendläuten ruft,
Greift er wie träumend in die Luft,
Baut sich zum Feierabendspiel
Zartgoldene Wölklein schön und viel,
Läßt sie an Bergesrändern säumen
Und rot im Abendglanz erschäumen.
Und manche, die ihm wohl gelang,
Die leitet er und hütet lang,
Daß sie, die fast aus nichts gemacht,
Am Himmel ruht und selig lacht.
Und die nur Tand und Reimwerk schien,
Wird nun ein Zauber und Magnet
Und zieht der Menschen Seelen hin
Zu Gott in Sehnsucht und Gebet.
Der Schöpfer lächelt und erwacht
Vom kurzen Traum, das Spiel verglüht,
Und aus der kühlen Ferne blüht
Herauf die friedevolle Nacht.

Nur daß aus Gottes reiner Hand,
Sei's auch im Spiel, jedwedes Bild
Vollkommen, schön und selig quillt,
Wie es kein Dichter je erfand.

Mag denn dein irdisch Lied bedeuten
Ein schnell vertönend Abendläuten,
Darüber hin, im Licht entbrannt,
Die Wolken wehn aus Gottes Hand.

Anhang

Nachwort

In der deutschen Kritiker- und Autorenszene hatte es das Werk Hermann Hesses seit jeher schwer. Obwohl es Mitte der 70er Jahre millionenfachen Absatz fand und Hesse zwischenzeitlich zum meistgelesenen europäischen Autor in den USA und in Japan avancierte, fehlte es nie an Stimmen, die den Verfasser des ›Steppenwolfs‹ zum mediokren Unterhaltungsschriftsteller degradierten. »Den [Hesse] empfand ich immer als einen durchschnittlichen Entwicklungs-, Ehe- und Innerlichkeitsromancier – eine typisch deutsche Sache«, lästerte bereits 1950 Gottfried Benn über seinen Kollegen. Und Rudolf Walter Leonhard glaubte 1962, im Jahr von Hesses Tod, besserwisserisch orakeln zu müssen: »Mit Hesse [...] ist heute kein Blumentopf mehr zu gewinnen.«

Wiewohl solche Pauschalurteile durch die sich mit erstaunlicher Regelmäßigkeit wiederholenden Hesse-Renaissancen mittlerweile widerlegt sind, haben sie doch auf das Gesamtbild Hesses abgefärbt. Gerade auch das Ansehen seiner Lyrik hat darunter gelitten. Während seine Kritiker nicht umhin konnten, dem Romancier Hesse, der 1946 für sein Alterswerk ›Das Glasperlenspiel‹ den Nobelpreis für Literatur erhielt, nolens volens eine gewisse Achtung zu zollen, war seine Lyrik – als das persönlichste und damit ungeschützteste seiner Ausdrucksmittel – ihrer spitzen Feder relativ schutzlos preisgegeben. »Das Ganze ist versifizierte Prosa mit störenden Füllwörtern«, distanzierte sich zum Beispiel Ernst Robert Curtius von Hesses »fleißiger Reimerei«. Karlheinz Deschner wiederum degradierte ihn zum unzeitgemäßen Epigonen der Romantik, dem die nötige ästhetische Selbstdisziplin abgehe. »Daß Hesse so vernichtend viele niveaulose Verse veröffentlicht hat, ist eine zu bedauernde Disziplinlosigkeit, eine literarische Barbarei«, polterte er boshaft.

Verwerfungen wie diese waren keine Seltenheit und blieben nicht auf die Literaturkritik beschränkt. Selbst Schriftstellerkollegen wie Rainer Maria Rilke fühlten sich genötigt, Hesses Versen Uninspiriertheit und Mangel an Originalität vorzuwerfen, weil in ihnen angeblich alles über ein vorhersehbares »Programm« ablaufe und sie wie eine schlichte Übersetzung aus einer alten »Diktion« klängen. Wie gut muss es Hesse da getan haben, dass Thomas Mann nicht in den Chor seiner Kritiker einfiel, sondern lobend für seine Lyrik Partei ergriff. »Hesses bezaubernde Lyrik«, so attestierte er dem Verfemten 1929, »weiß eine sensitive Modernität in Laute von volkstümlicher Romantik zu kleiden.«

Hesse selbst stand seiner Lyrik übrigens nicht vorbehaltlos gegenüber. Auch wenn er seine Verse ursprünglich höher als seine Prosawerke einschätzte, ja ihm im Grunde genommen »jedes gute Gedicht lieber als drei Romane« war, betrachtete er mit zunehmendem Alter seine Lyrik immer skeptischer. Vor allem seine jugendlichen Anfänge erschienen ihm im Nachhinein mit zahlreichen Mängeln behaftet. »Namentlich in den Versen meiner Anfängerzeit«, schreibt der 75-Jährige selbstkritisch in einem Brief, »stoße ich auf eine Menge von unreinen Reimen, unpräziser Metrik und etwas verschwommene Bilder, es wimmelt da von Fehlern, die kein Poetiklehrer einem Schüler durchgehen lassen würde.«

Derartige Nachlässigkeiten im Bereich des Formalen sind bei Hesse allerdings eher die Ausnahme. Nur noch während der ›Steppenwolf‹-Krise um 1926/27 sollte er sich vergleichbare Schwächen zugestehen, dieses Mal allerdings aus voller Überzeugung, um im Sinne einer Konfession seine damalige Situation unretuschiert wiederzugeben. Gegenüber Heinrich Wiegand jedenfalls, dem die ungeschminkte Offenheit seiner ›Krisis‹-Gedichte missfiel, rechtfertigt er sich in einem Brief vom 14. Oktober 1926: »Ich habe schon seit Jahren den ästhetischen Ehrgeiz aufgegeben und schreibe keine Dichtung, sondern eben Bekenntnis, so wie ein Ertrinkender oder Vergifteter sich nicht mit seiner Frisur beschäftigt oder mit der Modulation seiner Stimme, sondern eben hinausschreit. Sie haben recht, lieber Freund, wenn Sie das tadeln, aber dem Mann können Sie doch nicht verbieten, unter Geschrei zu verrecken.«

Wesentlich verzagter reagierte der in die Jahre gekommene Dichter hingegen, wenn man ihn – wie etwa Anni Carlsson im September 1953 – auf seine mangelnde formale Experimentierfreudigkeit und sein stilistisches Verwurzeltsein in der Tradition hinwies. Geradezu kleinlaut räumte Hesse dann ein, dass seine Gedichte letztlich vom Bonus seines großen Namens profitierten, der sie davor schütze, als »gutgemeint, aber als rückständig und unwirksam« empfunden zu werden. »Denn«, so fährt er bußfertig fort, »sie entsprechen ja wirklich nicht den Forderungen, die man heute an ein Gedicht stellt und für den Unvoreingenommenen sind meine Worte nicht Gold, sondern Inflationsgeld«.

Indes ist solchen Zugeständnissen nur bedingt zu trauen. In Wahrheit nämlich war es für Hesse eine Überzeugungstat, dass er seine lyrische Sprache nicht an die stilistischen Verrenkungen der avantgardistischen Wortakrobaten anpasste, sondern zu einem eigenständigen, an Klassik und Romantik orientierten Medium heranwachsen ließ. »Ich bin, glaube ich, überhaupt immer als Literat ein Traditionalist gewesen, mit wenigen Ausnahmen war ich mit einer überkommenen Form, einer gangbaren Machart, einem Schema zufrieden, es lag mir nie daran, formal Neues zu bringen, Avantgardist und ›Wegbereiter‹ zu sein«, beschreibt er 1949 nicht ohne Stolz die von ihm eingeschlagene poetologische Richtung. Für ihn war es nicht einsichtig, warum Originalität um den Preis der Zerschlagung bewährter lyrischer Formen – wie etwa der von ihm favorisierten vierzeiligen Volksliedstrophe mit ihrer Kreuzreimstellung – erkauft werden müsse und sich Modernität zwangsläufig über krampfhaft erzeugte formale Kunstgriffe und Stilbrüche herstellen lasse. »Die Sprachturnereien heutiger Originale werden altes Blech sein, noch ehe ihre Schöpfer graue Haare kriegen«, kontert er deshalb selbstbewusst den Vorwurf der Konventionalität seiner Verse, um sie der forcierten Affektiertheit der modischen Spracherneuerer entgegenzustellen. Denn ein gutes Gedicht komme weder dadurch zustande, dass man einen Prosasatz in mehrere Zeilen zerlegt (»der Einzige, der dabei etwas gewinnt, ist der Papierfabrikant«), noch dadurch, dass man die Flucht ins Hermetische antritt. »Auf Kosten der Verständlichkeit und der klaren, eindeutigen Form originell zu sein«, schreibt er in einem Essay über Eduard Mörike 1904, »[...] das ist nicht Kunst«. Wie er an anderer Stelle erläutert, sollte Kunst vielmehr etwas Unprätentiöses und Natürliches sein, das durch seine Aussage weit über die Grenzen des Ästhetischen hinausgeht. Das zeige gerade das Beispiel Eichendorffs. »Auf Eichendorff hin, der mit dem Apparat eines naiven Volkslieds die unglaublichsten Dinge sagt, finde ich Eure ästhetisch einwandfreien Dichter, die George etc. mit ihren schönen neuen ungebrauchten Reimen und den genau gezählten Silben einfach affig«, begründet er seine Abneigung gegen eine Poetik, die das Formale über den Inhalt stellt.

Daraus zu folgern, dass Hesse die Form seiner Gedichte auf die leichte Schulter genommen hätte, ist jedoch ein Trugschluss. Auch wenn ihm einige seiner

Gedichte wie durch Eingebung in den Schoß zu fallen scheinen, war er zur gleichen Zeit doch auch ein sprachlicher Perfektionist, der sich oft stundenlang mit der Reimstellung oder der Lautwirkung seiner Gedichte auseinandersetzte. In Hesses Augen unterscheidet gerade das den Dilettanten vom Künstler, dass sich der Dilettant meistens mit dem ersten Einfall schon zufrieden gibt und sich scheut, ihn sprachlich durchzuarbeiten. Der wirkliche Künstler hingegen erkennt die Notwendigkeit des stilistischen Feilens und macht sich mit Ausdauer an die Korrekturen.

In seinen eigenen Gedichten legte Hesse dabei besonders auf den Rhythmus, die Melodie und den Sprachfluss seiner Verse Wert. Bereits als 19-Jähriger betrieb er mit Hilfe einer Prosodie gezielte metrisch-rhythmische Studien, um den Gesetzen des »sprachlichen Wohlklanges« nachzuspüren und so die »letzten, geheimsten Rätsel der Poetik« zu ergründen. Hier offenbart sich, dass der »Traditionalist« Hesse zugleich ein innovativer Sprachkomponist ist, dem es darum geht, eine eigenständige, von den Klangverhältnissen der Worte getragene Sprachmusik zu erzeugen. Da er dabei auch bewusst auf die überpersönlichen kollektiven »Urkräfte« der Sprache zurückgreift und aus ihrem klanglichen und metaphorischen Fundus schöpft, unterstreicht er eindrucksvoll, dass seine Sprachkompositionen eine geheimnisvolle magische Qualität besitzen. Durch ihre gleichnishafte Formelhaftigkeit und urbildhafte Chiffrierung vermögen sie ähnlich wie bei Eichendorff bis in unser Unterbewusstsein vorzudringen und den Grund unserer psychischen und religiösen Verfassung offenzulegen.

Um dieses Freilegen und Umreißen unserer Tiefenperson ging es Hesse als Lyriker. Anhand der von ihm heraufbeschworenen Bilder- und Erlebniswelten möchte er uns dazu anregen, eine Reise in die Tiefen unserer Psyche anzutreten und uns selbst zu entdecken. Und dies wird gerade dadurch bewirkt, dass seine Gedichte einen zutiefst subjektiven Charakter besitzen und »eine Entladung, ein Ruf, ein Schrei« ihres Verfassers sind. Da sie also einer inneren Auseinandersetzung des Künstlers mit sich selbst entspringen, können sie auch vom einzelnen Leser als Signal zur »Einkehr und Weg zur Selbsterkenntnis« wahrgenommen werden.

Der Versuch, Hesse in diesem Zusammenhang zu einem »Virtuosen der Nabelschau«, einen »Profi im Daumenlutschen« oder einen »Autor des individuellen Katzenjammers« (Curt Hohoff) herabzuwürdigen, ist übrigens zum Scheitern verurteilt. Nur weil Hesses Hauptaugenmerk der geistigen Entfaltung des Einzelnen galt und er sich niemals vor den Wagen einer bestimmten Partei, Ideologie oder Religion spannen ließ, war er noch lange kein unpolitischer Eskapist und weltfremder Idylliker. Wenn Hesse den Leser in seinen Gedichten, Erzählungen und Romanen an dem langwierigen Prozess seiner eigenen Selbstwerdung partizipieren lässt, dann tut er dies nicht, um ihn mit schwerblütiger

Weltinnigkeit zu umgarnen und seine Denkfähigkeit in dem Gefühlsbrei süßlicher Sentimentalität aufzulösen. Im Gegenteil: Wenn Hesse seinem Leser die einzelnen Stadien des von ihm durchlebten inneren Entwicklungsprozesses mit seinen Kämpfen, Niederlagen und Triumphen vor Augen führt, dann möchte er ihm die Chance eröffnen, am Leitfaden des Dargestellten seine eigenen Krisen zu überwinden und den in ihm brachliegenden Anlagen zum Durchbruch zu verhelfen. Das von ihm angewandte literarische Verfahren der Selbsterkundung ist dabei durchaus mit den Methoden der klassischen Psychoanalyse verwandt: Hesse, der durch die Pressekampagne gegen seine Aufrufe zur Völkerversöhnung im Ersten Weltkrieg und durch den Tod seines Vaters am 8. März 1916 in eine tiefe Depression gestürzt wurde, musste sich auf Weisung seines Psychoanalytikers Josef Bernhard Lang aus der Schule C. G. Jungs in nahezu 60 Sitzungen einem schmerzhaften Prozess der Selbstanalyse unterziehen, um seine seelische Heilung voranzutreiben. Wie er selbst damals durch den »höllischen Tunnel« der Psychose »kriechen« musste, um »verändert und durchknetet« am anderen Ende des Tunnels wieder herauszukommen, so lädt er auch seine Leserschaft dazu ein, durch den läuternden Vorgang der Selbsterkenntnis zu gehen.

Statt also den Menschen in eine unwirkliche Scheinwelt einzuspinnen, regt das von ihm in Anschlag gebrachte poetische Verfahren den Einzelnen dazu an, seinem wahren Selbst ins Gesicht zu blicken und alle falschen Existenzlarven abzustoßen. Denn die Grundvoraussetzung der erfolgreich angewandten Analyse ist eine radikale »Wahrhaftigkeit gegen sich selbst«. Nur wer seinen verborgensten Ängsten und größten Verdrängungen ins Auge blickt, erlebt, wie Hesse in seinem Aufsatz ›Künstler und Psychoanalyse‹ von 1918 argumentiert, jene ungeheuere seelische »Erschütterung«, die die »Kulissen des Herkommens« zum Einsturz und das »unerbittliche Bild« der eigenen Natur zum Vorschein bringt. Mit einer diffusen Form von Innerlichkeit hat diese Methode der unnachsichtigen Selbstprüfung und Selbsterkundung also beileibe nichts gemein. Wir geben deshalb dem namhaften Hesse-Forscher Volker Michels uneingeschränkt Recht, wenn er schreibt: »Das bis zum Überdruß abgegriffene Feindbild ›Innerlichkeit‹ wird am Beispiel Hesses geradezu absurd, denn sein ›Weg nach Innen‹ ist immer Ansporn zur Selbstkritik, Wandlung, Evolution und zur Überwindung überlebter Verhaltensmuster, nicht zur Flucht in die Idylle, Vereinfachung, Verallgemeinerung oder in die Deckung parteilicher Solidarität.«

Nicht das rauschartige Verwischen der Bewusstseinsgrenzen, sondern ihre geistige Konkretisierung durch das sich selbst erforschende Ich, nicht Flucht vor der Wirklichkeit des Unbewussten, sondern seine rückhaltlose Offenlegung und poetische Durchdringung ist die Absicht von Hesses poetischen Gratwanderungen und

Introspektionen. Deshalb hätte man sein Grundanliegen gar nicht fataler fehldeuten können als Timothy Leary, der in seinem Aufsatz »Hermann Hesse, the Poet of the Interior Journey« (1963) dem Dichter unterstellte, seine Reise in die innere Welt besitze Ähnlichkeit mit einem »bewußtseins-erweiternden Drogenerlebnis« und Hesse habe in seinen Dichtungen den »chemischen Pfad der Erleuchtung« eingeschlagen. Denn Szenen wie Govindas Vision in ›Siddhartha‹, in der man eine »klassische LSD-Szene« erkennen könnte, oder Harry Hallers Besuch des »Magischen Theaters« im ›Steppenwolf‹, das »einen durch Drogen herbeigeführten Verlust des Selbst« beschreibe, wären ohne einschlägige Drogenerfahrungen nicht möglich. Deshalb sei Hesse »der Meisterführer zum psychedelischen Erlebnis«, dessen Dichtungen Lehrbuchcharakter besäßen: »Vor deiner LSD-Sitzung solltest du Siddhartha und Steppenwolf lesen.«

Die Unhaltbarkeit dieses krassen Fehlurteils liegt auf der Hand. Denn wie gesagt, nicht Selbstauflösung, sondern Selbstgewinn ist das Ziel des geistigen Grenzgängers Hesse. Bereits 1933 hatte er einem Leser seines ›Steppenwolf‹ geschrieben: »Ihre Frage, ob ich es im Steppenwolf mit irgendetwas ernst meine, oder einfach ein angenehmes Einduseln in Opiumräusche vorschlage, war für mich nicht nur eine persönliche, sondern auch eine prinzipielle Enttäuschung.«

Kaum weniger verhängnisvoll ist freilich die Annahme, dass Hesse ein apolitischer, die gesellschaftlichen

Verhältnisse ignorierender Ästhet gewesen sei. Wer Hesses »Weg nach innen« mit sozialem Desinteresse und politischer Apathie gleichsetzt, befindet sich auf einem ähnlichen Irrweg wie die Vertreter der Drogen-These. Auch wenn sich Hesse keiner bestimmten Partei anschloss, da er »zu Parteizwecken unbrauchbar« war und Kollektiven jeder Art prinzipiell misstraute, war er doch das Gegenteil eines literarischen Autisten, der in seinen Schriften immer nur manisch sein eigenes Ich umkreiste. Und wenn er auch eine notorische Scheu vor der Öffentlichkeit besaß und seine Privatsphäre systematisch vor ihr abschottete, hat er doch immer wieder die Abgeschiedenheit des künstlerischen Elfenbeinturms verlassen, um in den politischen Tageskampf einzugreifen und mutig Stellung zu beziehen. Im Unterschied zu vielen seiner politisch aktiven Kollegen hat er dabei nie ein Blatt vor den Mund genommen oder sich genötigt gefühlt, seine Meinung diplomatisch zu verklausulieren. Seine Stellungnahmen gegen das sinnlose Morden während des Ersten Weltkriegs sprechen eine ähnlich deutliche Sprache wie sein Eintreten für die unzähligen Verfolgten des Hitler-Regimes. Aber da für ihn Humanität und Zugehörigkeit zu einer Partei im Grunde genommen unvereinbar waren, hat er stets eine Position jenseits aller politischen Gruppierungen und Programme bezogen, um sich zum »Anwalt« des einzelnen Menschen mit seinen einmaligen Anlagen und Begabungen zu machen. Gegen die entindividualisierenden Tendenzen in Staat und Gesellschaft engagierte sich Hesse für die Belange des Einzelnen, den er vor Anpassung und Gleichschaltung zu schützen und zur eigenwilligen Entfaltung seiner Persönlichkeit zu ermutigen suchte. Mit bewundernswürdiger Konsequenz hat Hesse dadurch das zentrale Gebot seines letzten Romans ›Das Glasperlenspiel‹ als Dichter und Mensch eingelöst. Es lautet: »Du sollst dich nicht nach einer vollkommenen Lehre sehnen, sondern nach Vervollkommnung deiner selbst«.

Doch gilt es auch, die geistesgeschichtliche Bedeutung dieser Haltung zu würdigen. In einem Zeitalter, als der faschistische und stalinistische Totalitarismus das Individuum zu entwerten und in die uniforme Masse der Mitläufer einzugliedern suchte, schlägt sich Hesse auf die Seite des gefährdeten Subjekts und macht sich für seine unverbrüchlichen Rechte stark. Im Sinne der urprotestantischen Weigerung, die eigene Verantwortung an irgendeine anonyme Körperschaft zu delegieren, präsentiert sich Hesse so als »Anstifter zu humanem Ungehorsam« (Michels), der den Einzelnen dazu ansporn, seiner zunehmenden politischen Nivellierung durch die bestmögliche Ausformung seiner Identität zu begegnen. Fast zeitgleich mit Max Scheler, Alfred Döblin und Martin Buber entdeckt Hesse damit die zentrale Bedeutung des Personenbegriffs für das moderne Menschenbild und artikuliert das Schlüsselprinzip der jüdisch-christlichen Anthropologie: nämlich dass der Mensch Person ist und eine unantastbare Würde und Integrität besitzt. –

Die in diesem Buch versammelten hundert Gedichte spiegeln dieses Ringen Hesses um die unveräußerliche Integrität unseres personalen Selbstseins unverfälscht wider. Mit Bedacht sind sie dabei nicht chronologisch geordnet, sondern folgen nach Art von übergeordneten Themenkreisen einigen der großen Leitmotive von Hesses Identitätssuche. Am Leitfaden einzelner Gedichtgruppen können wir so die unterschiedlichen Metamorphosen seiner vielschichtigen, Lebensstufe um Lebensstufe mühsam überwindenden persönlichen Entwicklung nachvollziehen. Wir begeben uns mit ihm auf seine äußere und innere Lebensfahrt, nehmen an den Wechselfällen des unruhvollen Spiels seines Daseins teil und erleben mit, in welche Höhen und Tiefen ihn die Liebe zu den Frauen wirft oder mit welchen poetologischen Fährnissen er zu kämpfen hat.

Zugleich aber lernen wir Hesse als Humoristen, Maler und homo religiosus kennen. Denn Hesse ist alles andere als ein depressiver Defätist, der seine Krisen masochistisch auskostet und vor dem Leser ausbreitet. Als ein im Juli geborenes Sommerkind, das »die Temperatur dieser Stunde […] unbewußt ein Leben lang geliebt und gesucht« hat, ist er ein dem Dasein und seinen sinnlichen Genüssen zugewandter Autor, der ebenso seine Zigarren lustvoll zu schmauchen wie seinen Wein genießerisch zu schlürfen weiß. Diese tief verwurzelte Daseinslust hat sich zum einen in dem Galgenhumor und dem Sarkasmus niedergeschlagen, mit denen er in einer Reaktion des Trotzes auf seine inneren Krisen geantwortet und so den Prozess seiner Selbstheilung eingeleitet hat. Desgleichen lebt sie aber auch in dem Farbenreichtum fort, mit dem er die lebensfrohen Metaphern seiner Gedichte illustriert. Der Maler Hesse, der nach seiner Übersiedelung in die Südschweiz ca. 3000 Aquarelle gemalt hat, um sich von der Dominanz der »verfluchten Willenswelt« in der Literatur zu befreien, entfaltet in seinen Gedichten eine Magie der Farben, die für den Außenstehenden wie ein einziger Hymnus auf den Reichtum der Schöpfung anmuten.

Dieser – bei aller psychoanalytischen Belastung – letztlich daseinsbejahende Charakter von Hesses Dichtung verweist auf die religiöse Unterströmung seines Denkens. Grundgelegt wurde sie durch die spartanische und geistig beengende Erziehung seines pietistischen Elternhauses, auch wenn sich Hesse zunächst gegen den jüdisch-christlichen Gottesglauben aufgelehnt hatte. Denn »das pietistisch-christliche Prinzip, dass des Menschen Wille von Natur und Grund aus böse sei und dass dieser Wille also erst gebrochen werden müsse, ehe der Mensch [...] das Heil erlangen könne«, wurde von ihm als drakonischer Zwang und primitive Nötigung empfunden, die der seiner Autonomie bewusste Mensch nicht hinnehmen dürfe. Doch trotz dieses missglückten Versuchs seiner Eltern, aus ihm »jenen Christen [...] zu machen, der ich doch selbst oft so ernstlich wünschte und hoffte zu werden«, ist er im Grunde seines Herzens immer ein »Missionarssohn« geblieben, der sich als »dieser Erde werbend Liebender« bezeichnete und sein Leben »als Dienst und Opfer vor Gott« begriff.

Andererseits hat diese frühe Prägung dazu geführt, dass Hesse die vertrauten Pfade des Christentums vorübergehend verlassen und sich – wohlgemerkt in bewährter Familientradition – den fernöstlichen Religionen Indiens und Weisheitslehren Chinas zugewandt hat. Bei dieser Suche nach religiösen Alternativen ging es Hesse nicht etwa darum, das Neue Testament durch die Lehre des Buddha oder Lao-tse zu ersetzen, sondern eine Brücke zwischen Ost und West zu bauen. Er wollte zeigen, dass die wesentlichen spirituellen Grunderfahrungen in den Weltreligionen im Grunde gleich sind und es eine gemeinsame Essenz zwischen ihnen gibt: »Ich suchte das zu ergründen, was allen Konfessionen und allen menschlichen Formen der Frömmigkeit gemeinsam ist.«

Der Vielfalt der hier nur kurz gestreiften Themen entspricht der erstaunliche gedankliche und formale Abwechslungsreichtum von Hesses Lyrik. Das sich vielerorts eingebürgerte Vorurteil, dass Hesses Lyrik gänzlich konventionell sei und sich von daher in ihr keine formale und thematische Entwicklung erkennen lasse, vermag diese Anthologie problemlos zu widerlegen. Die Palette der in dieses Bändchen aufgenommenen Gedichte reicht von den volksliedhaften Naturimpressionen der Frühphase, in der die vierzeilige jambische Strophenform dominiert, bis zu der spekulativen Gedankenlyrik der mittleren Schaffensperiode mit ihren unregelmäßigen Strophen- und Reimanordnungen, von der bekenntnishaften Verzweiflung der rhythmisch holprigen ›Krisis‹-Gedichte bis zu der meditativen Abgeklärtheit des in einen klassischen Prosastil einmündenden letzten Werkabschnitts. Mit dieser Fülle an poetischen Ausdrucksformen stellt Hesse eindrucksvoll unter Beweis, dass er es als Lyriker längst verdient hat, rehabilitiert zu werden.

Christoph Bartscherer

Mein besonderer Dank gilt
dem renommierten Hesse-Forscher Volker Michels,
der mir mit Rat und Tat bei diesem Buch
zur Seite stand.

Alphabetisches Verzeichnis der Gedichtüberschriften und -anfänge

Die vorliegende Gedichtauswahl folgt dem vierten und zehnten Band der neuesten und wissenschaftlich fundiertesten Werkausgabe Hermann Hesses (Sämtliche Werke in 20 Bänden, hrsg. von Volker Michels, Frankfurt am Main: Suhrkamp Verlag 2001ff. (= SW)). Da die meisten der angeführten Gedichte dem Band 10 (›Die Gedichte‹) entnommen sind, werden im folgenden Verzeichnis nur die Gedichte aus dem Band 4 mit SW 4 gekennzeichnet.

Die Gedichtüberschriften sind *»kursiv«* gesetzt, die Gedichtanfänge »recte«. Gedichttitel in eckigen Klammern stammen nicht von Hesse, sondern vom jeweiligen Bearbeiter und orientieren sich meist an der ersten Zeile des Gedichts. Die Jahreszahlen in runden Klammern hinter dem Titel informieren über das Entstehungsdatum oder – falls dieses nicht eruierbar – über die Erstpublikation des einzelnen Gedichts.

Für Liebhaber der Poesie – Geschenkbücher im kleinen Format

Goethe und Schiller
Die Balladen
Hg. v. J. Kiermeier-Debre
ISBN 978-3-423-**13512**-2

Heinrich Heine
Der Tag ist in die Nacht verliebt
Hg. v. J.-C. Hauschild
ISBN 978-3-423-**13390**-6

Hermann Hesse
Taumelbunte Welt
Gedichte
Hg. v. C. Bartscherer
ISBN 978-3-423-**13675**-4

Hugo von Hofmannsthal
Die scheue Schönheit kleiner Dinge
Hg. v. D. Tetzeli v. Rosador
ISBN 978-3-423-**13256**-5

Mascha Kaléko
Mein Lied geht weiter
Hg. v. G. Zoch-Westphal
ISBN 978-3-423-**13563**-4

Klabund
Das Leben lebt
Hg. v. J. Kiermeier-Debre
ISBN 9978-3-423-**20641**-9

Eduard Mörike
Horch, von fern ein leiser Harfenton
Hg. v. D. Jaegle
ISBN 978-3-423-**13258**-9

Friedrich Nietzsche
Heiterkeit, güldene
Hg. v. J. Prossliner
ISBN 978-3-423-**20672**-3

Rainer Maria Rilke
Dies Alles von mir
Hg. v. F.-H. Hackel
ISBN 978-3-423-**12837**-7

Friedrich Schiller
Und das Schöne blüht nur im Gesang
Gedichte
Hg. v. J. Kiermeier-Debre
ISBN 978-3-423-**13270**-1

Für Liebhaber der Poesie – Geschenkbücher im kleinen Format

Zu den Sternen fliegen
Gedichte der Romantik
Hg. v. R. Görner
ISBN 978-3-423-13660-0

Im Reich der Poesie
50 Gedichte
englisch-deutsch
Hg. u. übers. v.
H.-D. Gelfert
ISBN 978-3-423-13687-7

Die Arche der Poesie
Lieblingsgedichte
deutscher Dichter
Hg. v. A. G. Leitner
ISBN 978-3-423-13561-0

Dies alles für Dich
Liebesgedichte
Hg. v. F.-H. Hackel
ISBN 978-3-423-20522-1

Gedichte für einen Regentag
Hg. v. M. Mayer
ISBN 978-3-423-20563-4

Gedichte für einen Sonnentag
Hg. v. M. Mayer
ISBN 978-3-423-20705-8

Gedichte für eine Mondnacht
Hg. v. M. Mayer
ISBN 978-3-423-20859-8

Gedichte für einen Frühlingstag
Hg. v. G. Bull
ISBN 978-3-423-20966-3

Gedichte für einen Sommertag
Hg. v. G. Bull
ISBN 978-3-423-13663-1

Gedichte für einen Wintertag
Hg. v. G. Bull
ISBN 978-3-423-13604-4

Ich woll't ein Sträußlein binden
Blumengedichte
Hg. v. G. Bull
ISBN 978-3-423-13638-9

Alfred Döblin im dtv

Berlin Alexanderplatz
Die Geschichte vom
Franz Biberkopf
Studienausgabe
ISBN 978-3-423-00295-0

Berlin Alexanderplatz
Die Geschichte vom
Franz Biberkopf
Kommentierte Neuausgabe
ISBN 978-3-423-12868-1

Jagende Rosse / Der schwarze Vorhang und andere frühe Erzählwerke
ISBN 978-3-423-02421-1

Die drei Sprünge des Wang-lun
Chinesischer Roman
ISBN 978-3-423-02423-5

Wadzeks Kampf mit der Dampfturbine
Roman
ISBN 978-3-423-02424-2

Wallenstein
Roman
ISBN 978-3-423-13095-0

Reise in Polen
ISBN 978-3-423-12819-3

Der deutsche Maskenball von Linke Poot / Wissen und Verändern!
ISBN 978-3-423-02426-6

Manas
Epische Dichtung
ISBN 978-3-423-02429-7

Unser Dasein
ISBN 978-3-423-02431-0

Pardon wird nicht gegeben
ISBN 978-3-423-02433-4

Amazonas
Romantrilogie
ISBN 978-3-423-02434-1

Der Oberst und der Dichter oder Das menschliche Herz / Die Pilgerin Aetheria
Zwei Erzählungen
ISBN 978-3-423-02439-6

Der unsterbliche Mensch Der Kampf mit dem Engel
Religionsgespräche
ISBN 978-3-423-02440-2

Alfred Döblin im dtv

Drama, Hörspiel, Film
ISBN 978-3-423-02443-3

Briefe
ISBN 978-3-423-02444-0

Zwei Seelen in einer Brust
Schriften zu Leben und Werk
ISBN 978-3-423-02445-7

Der Überfall auf Chao-lao-sü
Erzählungen aus fünf Jahrzehnten
ISBN 978-3-423-10005-2

Schicksalsreise
Bericht und Bekenntnis
ISBN 978-3-423-12225-2

Babylonische Wandrung oder Hochmut kommt vor dem Fall
ISBN 978-3-423-12370-9

Schriften zu jüdischen Fragen
ISBN 978-3-423-12454-6

Die Ermordung einer Butterblume
und andere Erzählungen
ISBN 978-3-423-13199-5

Die Lobensteiner reisen nach Böhmen
Erzählungen
ISBN 978-3-423-13483-5

Hamlet oder Die lange Nacht nimmt ein Ende
Roman
ISBN 978-3-423-12737-0

Berge Meere und Giganten
Roman
Kommentierte Neuausgabe
ISBN 978-3-423-13516-0

November 1918
Eine deutsche Revolution
Kassettenausgabe in 4 Bde.
Band 1: **Bürger und Soldaten**
Band 2: **Verratenes Volk**
Band 3: **Heimkehr der Fronttruppen**
Band 4: **Karl und Rosa**
ISBN 978-3-423-59030-3